# Caught

Seine Zeugin

I

ISBN: 9798618897556

Für I.

# KAPITEL 1

## *Mars*

Mein letzter Mord.

Es muss perfekt laufen.

Sauber, schnell und keine Zeugen – wie jeder Auftrag davor.

Ich starre durch das Nachtzielfernrohr, den Blick fest auf diese eine Tür in der Mitte der schmalen Gasse fixiert. Ich weiß, dass er dort herauskommen wird. Nur er. Keine Begleitung, keine Bodyguards. Er wird allein sein.

Ich ziehe meinen Schal hoch, bis er den Großteil meines Gesichts bedeckt, nur meine Augen bleiben frei. Eine einfache Vorsichtsmaßnahme. Der Schal, verbunden mit einer schlichten schwarzen Mütze verbirgt mein Gesicht gut genug, für den Fall, dass ich gesehen werde.

Nicht, dass das je passieren würde. Ich bin vorsichtig und gründlich in meinem Job. Immer.

Wochen der Recherche und des Stalkings liegen hinter mir. Ich habe diesen Kerl bis ins Kleinste studiert, seine Gewohnheiten, seinen Alltag, die üblichen Orte, an denen er abhängt. Wo immer er war, war auch ich, immer dicht auf seinen Fersen. Manchmal war er sich dessen bewusst, weil wir uns kennen und es nicht unüblich ist, dass wir beide uns zur selben Zeit am selben Ort befinden. Aber meistens hatte er keine Ahnung und sicherlich wusste er nicht, dass ich ihm folgte und ihn beobachtete.

Es gibt nicht viel Beständigkeit in seinem Leben. Er ist ein Mafioso, genau wie alle anderen Ziele. Jemand wie er folgt keiner normalen Routine, hat kein reguläres Leben mit einem Job, einer Frau, ein paar Freunden und vielleicht sogar Kindern.

Glücklicherweise hat dieser Typ nichts dergleichen. Das macht es viel leichter, ihn auszulöschen, zumindest in dieser Hinsicht.

Ein einfaches Ziel ist er trotzdem nicht. Er ist klug, hat Erfahrung und ist normalerweise gut bewacht.

Dieser Sack ist schon lang genug im Geschäft, um sich auszukennen.

Es gibt nur zwei Dinge, die das hier so viel einfacher für mich machen. Erstens weiß er nicht, was auf ihn zukommt. Es gibt keinen besonderen Grund für ihn davon auszugehen, dass ihm jemand nach dem Leben trachtet. Besonders nicht ich. Immerhin waren wir uns so nah, dass andere uns Freunde nannten. Aber ich habe ihn nie als Freund gesehen, sondern nur als Mittel zum Zweck.

Ich könnte jemanden wie ihn niemals meinen Freund nennen.

Ich richte mich auf, strecke mich und entspanne einen Augenblick meine Gesichtsmuskeln, bevor ich die Umgebung unten wieder ins Visier nehme. Genau wie ich es gehofft habe, sind die Straßen leer und gespenstisch still. In dieser Gegend laufen nachts nicht viele Leute herum. Das war einer der Gründe für mich, diesen Ort zu wählen. Diese Gasse, diese Tür.

Die zweite Sache, die diesen Job für mich einfacher macht, ist seine Vorliebe für käufliche Frauen. Warum um alles in der Welt er sich genau dieses bestimmte Bordell aussucht, werde ich nie verstehen. Es ist nicht so, als ob er nicht das Geld hätte für bessere Qualität zu zahlen.

Aber aus irgendeinem Grund geht er hierher. Zweimal die Woche. Das ist eine der wenigen Konstanten in seinem sonst so unvorhersehbaren Lebensstil. Er kommt um dreiundzwanzig Uhr und geht kurz nach Mitternacht.

Jedes Mal. Es gab keine einzige Ausnahme, seit ich damit begonnen habe, ihn zu observieren.

Es ist jetzt fast Mitternacht, und ich merke, dass ich angespannter werde.

*Bald. Sehr bald schon wird all das hier vorüber sein. Ich werde endlich draußen und frei von dieser Scheiße sein.*

Dieser Job hat seinen Tribut gefordert. Jeder einzelne Mord hat eine Kerbe in meiner bereits dunklen Seele hinterlassen, und ich hasse es mit jeder Faser meines Seins. Die Wahrheit ist, dass ich raus wollte, sobald ich damit begonnen hatte, aber so funktioniert das nicht. Man hört nicht einfach auf, für die Mafia zu arbeiten, wie man jeden anderen Job hinschmeißen könnte, in dem man seine Kündigung einreicht und ein paar Wochen später einfach durch die Tür marschiert.

Ein fieses Grinsen huscht über mein Gesicht, während ich darüber nachdenke. Was für ein absurder Gedanke. Bei der Mafia kündigen. Unmöglich.

Obwohl … ich bin kurz davor, genau das zu tun. Das Unmögliche zu erreichen.

*Sauber. Schnell.*

*Keine Zeugen.*

Ich sehe mich noch einmal um, betrachte die Straße vierzehn Stockwerke unter mir, überprüfe Fenster und Türen der umliegenden Häuser. In einigen ist Licht, aber ich sehe keine einzige Person. Kein Augenpaar blickt hoch zu dem Dach, auf dem ich mein Gewehr aufgebaut habe und bereit bin abzuhauen, wenn der Job erledigt ist.

Allerdings handelt es sich heute Nacht nicht nur um einen einfachen Auftrag, sondern mehr um eine persönliche Angelegenheit. Mein Ticket in die Freiheit – und ein Arschloch weniger auf der Welt.

Ich begebe mich zurück in Position und konzentriere mich wieder auf die Tür. Ich starre angestrengt durch das Fernrohr und mein Herz rast so sehr, als ob es mein erster Anschlag wäre.

Ich bin nervös, was seltsam ist. Meine Hände schwitzen und mein Mund ist trocken. Das kotzt mich tierisch an. Gerade heute muss ich einen kühlen Kopf bewahren.

Es ist nicht der Mord an sich, der mich nervös macht, sondern das, was danach kommt. Die Aussicht auf ein Leben, das frei ist von solchen Vereinbarungen. Ein Leben, das mich nicht länger zwingt, meine Hände mit Blut zu besudeln, obwohl ich schon seit langem versucht habe, mir nicht mehr im wahrsten Sinne des Wortes die Hände schmutzig zu machen.

Es gab Ausnahmen, aber die meisten meiner Aufträge habe ich mit meinem Scharfschützengewehr ausgeführt, seit vielen Jahren mein loyaler Begleiter. Ich konnte schon immer gut zielen, ein besonderes Talent, das man kaum für eine gute Tat einsetzen kann. Es ist gut, um zu töten, und das ist alles. Um aus der Ferne mit einem einzigen sauberen Schuss zu töten.

Warum sollte man auch eine Sauerei hinterlassen? Gut zielen, ein verlässliches Gewehr mit einem starken Schalldämpfer, so arbeite ich gern. Und so habe ich auch vor, diesen letzten Schlag auszuführen.

Jeden Moment. Er muss jetzt jeden Moment herauskommen.

Ich werde schnell sein müssen. Er wird die Tür öffnen, aber nicht aus dem Gebäude treten, bis er nicht die Gasse nach links und rechts überprüft hat. Das tut er immer. Er will hier nicht gesehen werden. Ich habe wieder und wieder an genau dieser Stelle gesessen und ihn durch das Zielfernrohr meines Gewehrs beobachtet, ohne die Absicht zu haben, den Abzug zu betätigen. Es war einfach meine Art sicherzustellen, dass er nicht seine Routine ändert und seine Handlungen vorhersehbar sein werden, wenn ich bereit bin, ihn auszuschalten.

Er steckt immer erst den Kopf raus und sieht nach links, dann nach rechts, bevor er hinaustritt und die Tür hinter sich ins Schloss fallen lässt, während er nach links in Richtung des Gebäudes eilt, auf dem ich sitze. Sobald sich die Tür schließt, kommt mein Moment. Dann wird es passieren.

Mein letzter Mord.

Als die Anspannung wächst, tue ich das, was ich immer mache, wenn es die Umstände erlauben: Ich pfeife eine kleine Melodie. Es ist stets dieselbe. Der eingängige und kurze Refrain eines Lieds, das meine Mutter früher gesungen hat, um uns zu beruhigen. Es funktioniert immer noch.

Mein Blick klebt an der Tür, und dort wird er auch bleiben, bis die Sache erledigt ist. Jetzt ist es an der Zeit, sich zu konzentrieren. Ich werde meinen Ohren und Instinkten bezüglich meiner unmittelbaren Umgebung vertrauen müssen.

Ich bin auf meinen Knien, starre durch das Zielfernrohr und meine gesamte Aufmerksamkeit ist auf die Hintertür des schäbigen Puffs gerichtet.

Dann passiert es.

Die Tür öffnet sich und alles danach geschieht unglaublich schnell.

Ich sehe, wie sein fast kahler Kopf herausschaut, nach links und rechts blickt und die dunkle Gasse nach möglichen Passanten absucht, bevor er es wagt herauszutreten. Er ist noch nicht mal fünfzig Jahre alt, wirkt aber viel älter mit seinem haarlosen Schädel, dem runden Bauch und seiner seltsam altmodischen Kleidung.

Die Kugel trifft ihn zwischen den Augen, als sich die Tür hinter ihm geschlossen hat, und sobald ich ihn auf den Boden fallen sehe, richte ich mich auf, den Blick immer noch auf ihn gerichtet, aber nicht länger durch das Zielfernrohr.

Und da höre ich es.

Ein unterdrücktes Keuchen.

Das Geräusch einer Person, die zu Tode erschrocken ist.

*Hinter mir.*

Ich drehe mich gerade rechtzeitig um, um das bleiche und verängstigte Gesicht einer jungen Frau, vermutlich Anfang zwanzig, zu sehen, die einige Meter hinter mir auf dem Dach steht. Sie starrt mich aus aufgerissenen Augen für den Bruchteil einer Sekunde an, bevor sie herumwirbelt und losrennt.

*Fuck!*

Ich springe schneller auf die Füße als jemals zuvor in meinem Leben und nehme die Verfolgung auf.

*Keine Zeugen. Keine verfickten Zeugen!*

# KAPITEL 2

*Nike*

*Fuck, fuck, fuck!*

Was ist da gerade passiert?!

Hat dieser Kerl jemanden erschossen?

Bin ich gerade Zeugin eines Mordes geworden?

Ich kann es nicht fassen. Ich will es nicht fassen. Aber ich konnte ihn aus dem Augenwinkel aufspringen sehen, als ich mich abgewandt habe, um loszulaufen. Er hat nicht gerufen, versucht, mich zu beruhigen oder eine Erklärung abzugeben.

Stattdessen ist er mir direkt hinter gerannt!

Das kann nur bedeuten, dass ich zum Schweigen gebracht werden soll.

Ich fliehe über das Dach und auf die Feuerleiter auf der anderen Seite. Glücklicherweise ist das eines der wenigen Dinge, in denen ich gut bin. Laufen. Ich war seit der Highschool eine leidenschaftliche Sprinterin und bin schnell, nicht nur für ein Mädchen. Damals in der Schule konnten die meisten der schnellsten Jungs in meiner Klasse nicht mit mir mithalten und das Laufen hat sogar mein Studium bezahlt, weil ich durch ein Sportstipendium das College abschließen konnte.

Allerdings hätte ich nie im Leben erwartet, dass mein Talent und Training mir einmal in so einer Lage von Vorteil sein könnte.

Vielleicht laufe ich gerade um mein Leben! Wortwörtlich.

Folgt er mir immer noch? Ich kann seine Schritte nicht hinter mir hören, aber ich wage es nicht, mich umzudrehen und nachzusehen. Das könnte mich zu sehr ausbremsen und ihm die Chance geben, mich einzuholen.

Die Neugier bringt mich um, aber ich gebe ihr nicht nach. Ich renne um mein Leben und Panik breitet sich in meinem ganzen Körper aus. Alles, was ich hören kann, ist mein eigener Atem und wie meine Kleidung aufgeregt raschelt, während sie sich meinen schnellen Bewegungen anpasst.

Ich stürme die Feuerleiter hinunter, ziemlich sicher, dass er mir dicht auf den Fersen ist, nah, bedrohlich nah.

Panik und Angst sind das, was meinen Lauf antreibt, sie vernebeln weder mein Urteilsvermögen noch meine Fähigkeit, Entscheidungen zu treffen. Ich kenne dieses Gebäude gut. Es gibt mehr als einen geheimen Weg, der zum und vom Dach führt, und ich wähle den, der vermutlich der gefährlichste ist, aber auch der am besten versteckte. Zwei Stockwerke unterhalb des Dachs gibt die Feuerleiter zwei Wege frei, links oder rechts, und während einer zu einer weiteren Treppe führt, die einen nach unten bringt, führt der andere scheinbar direkt in den Tod, ein Sturz über zwölf Stockwerke.

Aber ich weiß es besser.

Ich habe keine Zeit zu zögern oder meine Entscheidung zu überdenken. Ohne zurückzusehen oder zu grübeln, wähle ich den Pfad, auf dem keine Treppe erkennbar ist. Als ich den Rand erreiche und die tödliche Tiefe sich vor mir öffnet – springe ich.

Ich springe nicht direkt nach vorne, sondern nach links um die Ecke des Gebäudes, wo, wie ich weiß, ein weiterer Sims auf mich wartet. Der Sprung selbst ist nicht besonders weit und ich wage ihn nicht zum ersten Mal, aber damals wurde ich nicht gejagt und hatte Zeit, um es mir gut zu überlegen. Es ist sicher, solange ich es schaffe, den kleinen Griff zu erreichen, der sich an der Wand des Gebäudes befindet und genau für diese Aktion dort angebracht wurde.

Todesangst kriecht in dem Bruchteil einer Sekunde mein Rückgrat hinab, in der ich durch die Luft fliege und nichts unter mir ist als der sichere Tod.

Aber ich schaffe es. Ich erwische den Griff, lande überraschend leichtfüßig auf dem Sims und muss meine Position nur ein wenig anpassen, bevor ich weiter laufen kann, an der Wand entlang zur nächsten Feuerleiter, die mich bis auf den sicheren Boden bringen wird.

Jetzt muss ich nur hoffen, dass *er* diese Besonderheit des Gebäudes nicht kennt. Dass er weniger vertraut damit ist als ich und dass er nicht gesehen hat, in welche Richtung ich gelaufen bin.

Ich laufe weiter hinab, immer noch ohne zurückzublicken, obwohl ich ihn nicht hören kann und mich darauf verlasse, dass er durch mein gewagtes Manöver von meiner Spur abgekommen ist.

Sobald meine Füße den Boden berühren, ergreift mich ein unglaubliches Gefühl der Erleichterung. Ich genieße es nur einen Augenblick, bevor ich zur Straße flitze und so viel Distanz wie möglich zwischen mich und das Gebäude bringe. Erst dann riskiere ich einen schnellen Blick über die Schulter.

Er ist nicht da.

Ich sehe ihn nicht hinter mir über den Asphalt laufen und auch nicht auf der Feuerleiter.

„Ja!“, keuche ich und drehe mich wieder um, ohne langsamer zu werden.

Ich stelle sicher, dass ich um die andere Ecke des Gebäudes renne, weg von der Seite, die er durch das Zielfernrohr seines Gewehrs im Visier hatte. Ich will nicht in sein Opfer laufen.

Falls es ein Opfer gibt.

Der Schuss war überraschend leise, erschreckte mich aber dennoch. Ich glaube, ich habe noch nie einen Schuss gehört, nicht im wahren Leben. Was für ein schreckliches Geräusch, selbst wenn es durch einen Schalldämpfer unterdrückt wurde. Zumindest vermute ich, dass er so einen benutzt hat, wenn er mit einem richtigen Gewehr geschossen hat.

Vielleicht hat er das gar nicht? Es könnte auch ein Warnschuss gewesen sein.

Oder möglicherweise hat er nur geübt und auf ein lebloses Objekt gezielt.

Oder auf Tauben! Vielleicht hat er auf Tauben geschossen.

Aber wer tut das mitten in der Stadt?

Und warum hat er nichts gesagt? Warum hat er keine Erklärung abgegeben?

Er könnte ein Polizist sein, obwohl er gar nicht danach aussah. Außerdem, wenn er bei der Polizei war, hätte er das doch gesagt, oder?

Stattdessen hat er mich aus zusammengekniffenen Augen angestarrt. Sein Gesicht war größtenteils von einem Schal verdeckt und sein Haar verborgen von einer dunklen Kappe. Sein ganzer Aufzug schrie förmlich „Krimineller“.

*Mörder.*

Ich renne weiter über den Asphalt und beschließe, zu laufen bis ich nicht mehr kann. Das ist noch nicht der Fall, aber lange kann ich dieses Tempo nicht mehr halten. Doch ich muss so weit wie möglich von diesem

Gebäude, von diesem Dach entfernt sein, bevor ich durchatmen kann.

Die Straßen sind menschenleer, und in diesem Augenblick hasse ich das. Diese Gegend ist an sich schon gruselig und ich sollte nicht einmal hier sein. Ich weiß nicht, warum ich immer wieder zurückkehre, warum ich einmal im Monat diese Auszeit brauche. Es ist dumm und gefährlich. Eine Gewohnheit, die ich schon vor Ewigkeiten hätte ablegen sollen.

Aber ich kann es einfach nicht. Ich brauche diesen Rückzug. Oder ich habe es gebraucht. Es ist verdammt sicher, dass ich lange nicht zurückkehren werde, nach dem, was heute Abend passiert ist.

Ich bin eine Ewigkeit geradeaus gelaufen, aber mir wird klar, dass die Hauptstraße, zu der ich will, zu meiner Rechten liegt, parallel zu der, auf der ich gerade bin. Ich muss durch eine der dunklen und engen Gassen, um die befreiende Hauptstraße zu erreichen.

Der Gedanke, sich in eine weitere, verlassene Dunkelheit zu stürzen, gefällt mir nicht, aber ich entschließe mich, meine Angst zu überwinden. Vor mir taucht eine weitere Gasse auf. Wenn ich es dort hindurch schaffe, werde ich in Sicherheit sein. Oder mich zumindest sicher fühlen.

Bei der nächsten Gelegenheit wende ich mich nach rechts und schlucke die sich sofort einstellende Furcht hinunter, die mich überkommt, als ich mich in die Schwärze vor mir stürze. Es ist auf jeden Fall kein Weg, den ich normalerweise wählen würde, aber ich bin auch noch nie um mein Leben gelaufen.

Ich ignoriere die unheimlichen Geräusche, gemischt mit Quietschern, die ohne jeden Zweifel von Ratten stammen – vielen von ihnen –, und mache mich wie zum sprichwörtlichen Licht am Ende des Tunnels auf. Ich kann Bewegungen und hellen Schein am entfernten Ausgang der Gasse erkennen. Beides verspricht mir Sicherheit, Menschen und Augenzeugen für das, was immer der Mörder mit mir vorhat, sobald er mich eingeholt hat.

Wenn er überhaupt hinter mir her ist.

Ich stoße einen Seufzer der Erleichterung aus, als ich endlich die sichere Hauptstraße erreiche und von lebhaften Geräuschen, hellen Lichtern und der ersten Gruppe von Leuten empfangen werde, die betrunken Beschwerden ausstoßen, als ich fast in sie hinein laufe.

Fremde, dunkle und müde Gesichter erwidern meinen Blick, aber zumindest bin ich nicht mehr allein.

Erst jetzt wage ich es, langsamer zu werden, und wandle meinen Sprint in ein Joggen und dann in ein ruhiges und stetes Gehen, das nicht zeigt, was ich nur wenige Minuten zuvor beobachtet habe.

Ich sehe wieder über meine Schulter und bin erleichtert, dass mir offensichtlich nach wie vor niemand folgt.

Eine Welle der Angst erfasst mich, als mir klar wird, dass ich nicht mal in der Lage sein werde, ihn zu erkennen. Wenn er mir tatsächlich hierher gefolgt ist, ohne dass ich es bemerkt habe, und seine Kappe und den Schal abgenommen hat, könnte er jeder sein. Es war zu dunkel, um zu erkennen, welche Kleidung er trägt. Ich weiß nur, dass sie schwarz war, genauso wie seine Kappe und der Schal. Er wirkte ziemlich groß, aber selbst das kann ich nicht mit Sicherheit sagen.

Ich beobachte nervös meine Umgebung und sehe mir jeden Mann, der mir begegnet, genau an. Niemand schenkt mir Aufmerksamkeit, zumindest nicht mehr als normalerweise. Es ist immer noch eine heruntergekommene Gegend mit lebhaftem

Nachtleben, das nicht unbedingt die netteste Art von Kerlen anzieht.

Normalerweise würde ich mich der nächsten U-Bahnstation um die Ecke zuwenden, aber nach dem, was gerade passiert ist, will ich mich nur sicher fühlen und so schnell wie möglich von hier weg.

Also winke ich ein Taxi heran. Es ist nicht so, als ob ich mir das wirklich leisten könnte, aber im Augenblick liegen meine Prioritäten woanders.

Sobald eines vor mir hält, springe ich hinein und sage dem Fahrer, wo er hinfahren soll. Als er den Wagen in Bewegung setzt, drehe ich mich erneut um und überprüfe, ob ein großer Mann mit dunkler Kleidung ein weiteres Taxi anhält, um mir zu folgen.

Es ist niemand da.

Ich seufze und lasse mich tiefer in den Sitz sinken.

„Anstrengende Nacht gehabt?“, erkundigt sich der Fahrer.

„Oh, ja“, sage ich leise. „Das kann man sagen.“

Ich erlaube mir zum ersten Mal, zu entspannen, und versuche, klar zu denken. Ich atme immer noch schwer von meinem Lauf und meine Beine schmerzen wie sonst nur nach einem Wettbewerbssprint. Ich habe eine Weile nicht mehr ordentlich trainiert und werde das hier morgen bestimmt zu spüren bekommen. Ich werde den ganzen Tag eine ständige Erinnerung an meine Flucht haben. Na, großartig.

Ich seufze wieder, versuche, mich zu beruhigen. Ich war noch nie ein großer Yoga-Fan, selbst nachdem meine Mitbewohnerin mich gezwungen hat, es auszuprobieren, aber wenn schon nichts anderes, hat es mir wenigstens bewiesen, wie wichtig es ist, richtig zu atmen. Es hat mich auch gelehrt, meine Atmung zur Entspannung zu benutzen, selbst wenn meine Gedanken und mein Herzschlag immer noch so wild rasen wie jetzt.

Diese verdammte Melodie.

Er hat nur Sekunden vor dem Schuss etwas gepfiffen, ein Lied, eine Art Jingle oder Kinderlied. Es war eine beruhigende und entspannende Melodie, ein wenig melancholisch, aber ohne richtig traurig zu sein. Sie hatte eine unbehagliche, glückliche Schwingung gehabt.

Ich habe sie nicht erkannt.

Aber ich bin sicher, dass sie mich für immer verfolgen wird.

# KAPITEL 3

## *Mars*

*Das kann nicht wahr sein!*

Mein letzter Mord. Mein Ticket nach draußen. Das letzte Mal, dass ich diesen verdammten Abzug hätte betätigen müssen, um das Leben eines anderen Mannes zu beenden.

Das war der Plan.

Ausgerechnet mein letzter Mord musste der erste werden, bei dem ich beobachtet wurde. Das erste Mal, dass es einen überlebenden Zeugen gibt. Und zudem musste es auch noch eine junge Frau sein! Ein hübsches Mädchen, soweit ich das beurteilen konnte.

Diese großen und weit aufgerissenen Augen, den Mund zu einem stillen Schrei geöffnet und das alles umgeben von einer wilden Mähne von dickem und lockigem Haar.

Dieses Gesicht werde ich nie vergessen.

Was gut ist, denn ich werde dieses verdammte Luder finden müssen. Die Tatsache, dass sie mir entkommen ist, macht mich rasend.

Sie war schnell. Ich bin aufgesprungen, sobald sie herumgefahren ist und anfing wegzulaufen. Ein paar Momente lang war ich ihr dicht auf den Fersen und habe sie über das Dach zu einer der Feuerleitern fliehen sehen. Ich weiß nicht, wie sie es geschafft hat, aber sie hat mich abgehängt, noch bevor sie die Leiter runtergesprungen ist.

Als ich den Rand des Dachs erreicht habe und selbst an der Feuerleiter angekommen war, konnte ich sie immer noch unter mir hinabklettern sehen. Ich musste den Blick abwenden, um hinabzusteigen, vertraute aber meinen Ohren und meinen Instinkten. Die haben mich nie im Stich gelassen – bis heute.

Es gab einen weiteren Sims zwei Stockwerke unter dem Dach, an dem die Feuerleiter auf einem kleinen Balkon endete, der die ganze Seite des Gebäudes umspannte. Dort angekommen konnte ich das Mädchen weder sehen noch hören, aber es gab nur eine Möglichkeit, weiterzukommen.

Ich stürmte zur nächsten Leiter, die nach unten führte, aber gerade als ich meine Verfolgung fortsetzen wollte, erstarrte ich mitten in der Bewegung.

Sie war nicht dort. Ich hätte sie auf der Treppe unter mir sehen müssen, aber da war niemand. Ich hielt den Atem ein paar Augenblicke an und schloss die Augen, um nach verräterischen Geräuschen zu lauschen, die mir sagen würden, wo sie war. So zu warten und hinzuhören kostete mich wertvolle Zeit.

Als ich die Augen öffnete, nach ihr suchte und sie erneut nicht fand, explodierte ich fast vor Wut.

Aber dann hörte ich etwas. Ich konnte die schnellen metallischen Klänge hören, die ein Mensch erzeugte, während er hastig eine alte rostige Feuerleiter hinabsteigt.

Und die Geräusche kamen aus großer Entfernung, mehrere Stockwerke unter mir.

Ich stieß ein wütendes Knurren aus, da ich immer noch nicht genau sagen konnte, wo genau die Geräusche herkamen. Selbst als ich mich ein wenig weiter vorbeugte und die Leiter weit unter mir begutachtete, sah ich niemanden. Keinen Schatten, der durch die Nacht floh, überhaupt kein Anzeichen eines Menschen.

Was zum Teufel passierte hier?

Es dauerte viel zu lang, die andere Seite des Gebäudes zu überprüfen, die Fluchtroute, die scheinbar nirgends hinführte außer in den Tod. Als ich am Sims stand, nach links und dann nach unten sah und begriff, welch gefährliche Route sie gewählt hatte, war es zu spät. Die Geräusche entfernten sich immer weiter von mir, als ich mich vorsichtig vorbeugte und wagemutig einen Blick nach unten warf. Dort konnte ich eine dunkle Figur sehen, die sich die Feuerleiter hinab bewegte.

In der Geschwindigkeit, in der sie unterwegs war, gab es keine verdammte Möglichkeit, dass ich sie je einholen könnte. Sie könnte Gott weiß wohin laufen, während ich mich noch die Feuerleiter hinabarbeitete.

Und mein Gewehr war immer noch auf dem Dach. Ich konnte es nicht zu lang allein dort oben lassen.

„Fuck!“, zischte ich und wog meinen nächsten Schritt ab.

Ich wartete, bis sie den Boden erreichte, um zu erkennen, in welche Richtung sie laufen würde. Links – entgegengesetzt der Richtung, in die ich die ganze Nacht gesehen hatte und in der die Leiche eines nachlässigen Mannes nun in einer dunklen Gasse verrottete, bis ein armer Passant ihn finden würde.

Es gab nur noch eine Chance, sie zu erwischen.

Ich entschied mich rasch und drehte mich um, um wieder auf das Dach zu klettern, wo mein Gewehr immer noch für den Job bereit lag. Es war verdammt leichtsinnig, es dort zu lassen, eine waghalsige Tat, die für mich untypisch ist.

*Genauso wie bei der Arbeit gesehen zu werden.*

Glücklicherweise finde ich das Gewehr genauso vor, wie ich es zurückgelassen habe. Sein tödliches Auge ist immer noch auf die Gasse darunter gerichtet. Es ist meine Lieblingswaffe, denn sie ist am verlässlichsten und passt am besten zu meinem Stil. Leise, diskret und akkurat, selbst auf sehr weite Distanz.

Ich packe meinen treuen Gefährten und laufe zur anderen Seite des Dachs. Meine trainierten Augen finden sie rasch. Sie besitzt ein sehr eindeutiges Merkmal. Dieses dichte und ungezähmte Haar, eine wilde Mähne, die über einem schlanken Körper tanzt. Es lässt ihren Kopf im Vergleich zu ihrem zarten und fast kindlich wirkenden Körper riesig aussehen.

Ich beobachte, wie sie die Straße hinabrennt, während ich mein Gewehr bereit mache. Sie ist eine schnelle Läuferin und bringt in bewundernswerter Geschwindigkeit Distanz zwischen sich und das Gebäude.

Allerdings hat mich Entfernung noch nie davon abgehalten, einen Job zu erledigen.

Ich gehe auf die Knie und sehe durchs Zielfernrohr. Ich entdecke sie in Sekundenschnelle. Ihre zierliche Figur tanzt vor meinen Augen, als sie die Straße hinabrennt. So, wie sie ihre Arme während ihres Laufs bewegt, scheint sie zu wissen, was sie tut. Sie muss eine Athletin sein.

Auf mich wirkt sie eher wie ein schnelles kleines Reh, das versucht, einem Raubtier zu entkommen.

Ich bewege mein Gewehr gemeinsam mit ihr, den Finger auf dem Abzug. Ich bin bereit, abzudrücken.

Aber aus irgendeinem Grund tue ich es nicht.

Ich habe noch nie zuvor eine Frau erschossen. Nicht ein einziges Mal. Das musste ich nie. Alle meine Aufträge waren Männer. Dreckige, üble Säcke, die es nicht besser verdient haben. Das waren die Aufträge, die ich erhielt – und gerne akzeptierte. Die Anweisungen kamen immer mit dem Hinweis, dass ich mögliche Zeugen liquidieren solle, egal welchen Geschlechts oder Alters. Diese Hinweise haben sich für mich nie gut angefühlt. Sie gaben mir quasi grünes Licht, Frauen zu töten. Und Kinder. Die Vorstellung, dass ich das tun müsste, wenn ich mein Vorgehen nicht sorgfältig plante, machte mich zu einem der besten, ruhigsten und diskretesten Killer. Diese verlässliche Diskretion macht mich stolz.

Und jetzt das.

Mein Puls rast und der kalte Schweiß bricht mir aus. Mein Zeigefinger schwebt über dem Abzug wie ein ängstliches Kind.

Sie ist direkt in meinem Visier. Ich folge ihr mit dem Zielfernrohr, aber ich zögere.

*Du musst das tun. Du willst raus.*

Was, wenn sie redet? Was, wenn sie dein Gesicht gesehen hat? Was, wenn sie dich die ganze Zeit beobachtet hat, selbst bevor du den Schal hochgezogen hast? Was, wenn sie dich erkennen könnte?

Sie könnte der Polizei mitteilen, woher der Schuss kam, und sie könnte ihnen Gott weiß was über das Aussehen des Mannes sagen, den sie dabei beobachtet hatte, wie er einen anderen erschossen hat.

*Sie muss verschwinden.*

Egal, dass sie eine Frau ist. Warum sollte mich das abhalten? Warum mache ich einen Unterschied zwischen Männern und Frauen? Das hat auf rationaler Ebene nie Sinn für mich gemacht. Ich habe es nur vermieden, diese Entscheidung treffen zu müssen, indem ich sorgfältig war. Ich hatte genug Glück, dass mir nie ein Auftrag präsentiert wurde, bei dem ich mich einem weiblichen Zielobjekt stellen musste.

Aber es ist mehr als das, und das weiß ich.

Es ist nicht nur die Tatsache, dass sie eine Frau ist. Sie ist auch unschuldig, eine junge Frau, die einfach zum falschen Zeitpunkt am falschen Ort war. Soweit ich weiß, hat sie nichts Böses getan, um dieses Schicksal zu verdienen. Sie kennt die dunkle Welt nicht, in der ich lebe. Gerade jetzt hat sie einfach nur Todesangst – und guten Grund dazu.

Natürlich könnte ich damit auch vollkommen falsch liegen. Immerhin saß sie mitten in der Nacht allein auf einem Dach und das in einer üblen Nachbarschaft. Wer weiß, was sie vorhatte.

Aber mein Bauchgefühl sagt mir, dass es nichts Übles war. Diese Augen haben nie das wahre Böse gesehen.

Bis heute Nacht.

„Verdammt“, zische ich. Ich kann den Abzug nicht ziehen. Es ist, als ob mein Finger gegen eine unsichtbare Wand drückt.

Wie kann ich so bescheuert sein? Weiblich, unschuldig, was auch immer. Das sollte keinen Unterschied machen, denn alles, was zählt, ist, dass sie mich gesehen hat und reden könnte. Sie könnte etwas sagen und mit ihrer Zeugenaussage meinen Arsch hinter Gitter schaffen. Das ist alles, was für mich gerade zählen sollte.

Wie sich herausstellt, erlöst mich die Frau von meinem peinlichen Dilemma – indem sie in eine der engen Gassen einbiegt, die zu einer der bevölkerten Hauptstraßen führt und dadurch außerhalb meiner Reichweite liegt.

Ich richte mich auf, keuche schwer und starre auf die Steinwände hinab, zwischen denen sie verschwunden ist. Jetzt habe ich keine Möglichkeit mehr, sie zu erwischen. Sie wird von einem Labyrinth aus hohen Backsteinmauern verdeckt und läuft nicht länger in bester Sicht vor mir.

„Fuck!", brülle ich frustriert.

Aber in diese Wut mischt sich eine intensive Erleichterung.

# Kapitel 4

*Nike*

Es ist erstaunlich, was etwas mehr als eine Woche verändern kann. Es ist neun Tage her, seit ich die schreckliche Entscheidung getroffen habe, eine weitere Nacht auf diesem Dach zu verbringen.

Meine beste Freundin und Mitbewohnerin Amanda hat vermutlich recht: Ich brauche wirklich ein neues Hobby.

Ich war noch nie so glücklich, nicht allein zu wohnen, als ich an jenem Abend nach Hause kam. Ich weiß nicht, wie ich es geschafft hätte, in einer leeren Wohnung allein zu schlafen, in der ich leichte Beute für einen professionellen Killer wäre, der mich ganz leicht finden und mir den Garaus machen könnte, wie er es mit demjenigen getan hatte, den er in jener Nacht erschossen hatte.

Aber ... wieso hat er das nicht getan? Ich kann es immer noch kaum fassen, dass ich ihm entwischt bin. Es scheint zu gut, um wahr zu sein.

Genauso wie ein anderer Gedanke: Vielleicht hat er an dem Abend doch niemanden getötet. Ich habe noch Tage nach dem Vorfall die Lokalnachrichten überprüft und nach einem Bericht über einen Mord gesucht, der zu dem passt, was ich in jener Nacht beobachtet habe.

Aber es gab nichts. Wenn jemand in der Stadt erschossen wird, selbst in einer üblen Gegend, würde man doch erwarten, dass in den Nachrichten darüber berichtet wird, oder?

Vielleicht hat er niemanden erschossen. Oder er hat versucht, jemanden zu erschießen, aber sein Ziel verfehlt? Wie auch immer, sein Verhalten, als er meine Gegenwart bemerkte, war beängstigend genug.

Mit jedem Tag, der vergeht, ohne Neuigkeiten über einen Mord in der Gegend an jenem Abend, werde ich ruhiger und ruhiger, und ich verwerfe die Idee, zur Polizei zu gehen aus vielen Gründen, aber der wichtigste davon ist Angst.

Angst, dass ich viele Fragen beantworten müsste, auf die ich keine Antwort habe – und ich weiß, dass es davon viele gibt. Alles ist so schnell gegangen damals, dass ich nicht mal sicher bin, ob das, was ich gedacht habe zu sehen, wirklich wahr war.

War da wirklich ein Gewehr? War es echt? Ist mir dieser Mann überhaupt nachgelaufen? Hat er vielleicht etwas gesagt, eine Erklärung gebrüllt, und ich habe es einfach nicht gehört, weil ich Panik geschoben habe?

Außerdem befürchte ich, was passieren würde, wenn eine Untersuchung eingeleitet wird und ich als Zeugin aussagen müsste. Wenn er wirklich ein professioneller Killer war, wartet er vielleicht nur darauf, dass ich zur Polizei gehe, um eine Aussage zu machen, damit er weiß, wer ich bin. Er könnte auch ein bekannter Krimineller sein, der Verbindungen überallhin hat. Verbindungen, die in seinem Namen Rache verüben würden, wenn ich ihn hinter Gitter bringe.

Ich schüttle den Kopf, um diese Gedanken abzuschütteln. Es ist sowieso an der Zeit, nach Hause zu gehen. Ich bin eine der letzten, die noch im Büro ist und es gibt keinen Grund, länger zu bleiben. Ich schließe das Manuskript, an dem ich arbeite und hinterlasse ein paar Notizen an mich selbst für den nächsten Tag.

Selbst als neue Lektorin habe ich überraschend viele Freiheiten, wenn es um die Projekte geht, an denen ich arbeite, obwohl ich erst seit einem Jahr in diesem Job bin. Mein Chef vertraut mir nicht nur viel mehr als ich zu diesem Zeitpunkt erwartet hätte, er lässt mich auch an Informationen teilhaben, für die ich mich viel zu unbedeutend und zu jung gehalten hätte.

Wie die bevorstehende Benefizveranstaltung. Ich weiß nicht, was ihn dazu gebracht hat, mich zu einem Event dieser Art einzuladen, da ich immer gedacht hätte, dass es für diejenigen reserviert ist, die in diesem Metiér erfahrener sind. Es ist ein sehr nobles Ereignis, besitzt aber wenig Bedeutung, zumindest in meinen Augen.

Um ehrlich zu sein, die nervigste Frage, mit der ich mich konfrontiert sehe, ist die,  welches Kleid ich tragen soll. Meine Garderobe ist nicht gerade dafür geeignet, sich mit hochklassigen Gewändern wie Gucci oder ähnlichen zu messen.

Ich werde Amanda fragen. Sie kennt sich in diesem Bereich besser aus, schließlich ist Mode ihr Beruf. Wir haben uns auf dem College in einem Schreibkurs kennengelernt. Unsere Liebe zum geschriebenen Wort hat uns bald zu engen Freundinnen werden lassen, obwohl wir danach unterschiedliche Richtungen eingeschlagen haben. Während ich es geschafft habe, eine Stelle als Lektorin für alle Arten von Fiktion – aber meist Krimis und Spannungsromane, da diese unsere Bestseller sind – zu erhalten, wurde sie Journalistin und arbeitet nun als freie Mitarbeiterin für verschiedene Modemagazine.

Wir leben beide unseren Traum, aber wie es so häufig bei Träumen ist: Mit ihnen verdient man nicht wirklich viel Geld. Daher war es mehr der Notwendigkeit als dem Wunsch geschuldet, dass wir gemeinsam ein Apartment gemietet haben und zur Zeit Mitbewohner sind.

„Bis wir jemand anderen finden, mit dem wir uns die Miete teilen", hatte sie damals gesagt, womit sie natürlich von Männern redete. Anders als ich hat sie ein sehr farbenfrohes Hobby, das sie an den Wochenenden auf Trab hält: die Jagd nach dem passenden Junggesellen. Allerdings vermute ich, dass viele der Typen, die sie mit nach Hause gebracht hat, nicht unbedingt passend für ihr eigentliches Anliegen sind.

Dahingehend bewundere ich sie. Es wäre die Untertreibung des Jahres zu behaupten, dass mein Liebesleben langweilig ist. Ich glaube nicht, dass ich ein Leben wie sie führen und fast jedes Wochenende einen neuen Kerl abschleppen wollen würde, von denen die meisten reine „Zeitverschwendung" sind, wie Amanda es nennt. Aber es wäre schön, ein wenig ... mehr unterwegs zu sein.

Als ich nach Hause komme, entdecke ich Amanda in der Küche, wo sie gerade telefoniert. Sie wirft mir eine Kusshand zu und winkt, während ich an ihr vorbei gehe. Ich schäle mich aus meinen Büroklamotten und wechsle zu Jogginghose und Pullover.

Ich kämme mir auch das Haar, obwohl ich weiß, dass es sinnlos ist. Es gibt nichts, womit ich es zähmen könnte. Es umrahmt mein Gesicht und meine Schulter in dichten, dunkelblonden Wellen, die scheinbar einen eigenen Willen haben. Deswegen hat meine Mutter mich früher gerne Löwin genannt. Ich habe diesen Spitznamen gehasst, weil er überhaupt nicht zu mir passt. Löwen sind starke, mutige und dominante Kreaturen. Sie sind Raubtiere, Jäger und es gibt einen Grund, weshalb sie die Könige des Dschungels genannt werden.

So bin ich überhaupt nicht.

Außerdem sind die mit den Mähnen die männlichen Löwen. Ihre Mähnen wirken manchmal ähnlich wie mein Haar, aber wenn es um den Charakter geht, könnten diese Tiere und ich nicht unterschiedlicher sein.

Nachdem ich mich umgezogen habe, beginne ich mit einer weiteren Routine. Einer neuen, die ich in dieser Woche entwickelt habe. Ich fahre meinen Laptop hoch und studiere die Lokalnachrichten. Und wieder gibt es nichts, das darauf hinweist, dass nicht weit von dort, wo ich lebe, vor einigen Tagen ein Mord verübt wurde.

Ich schüttle ungläubig den Kopf. Habe ich mir das etwa eingebildet?

Da wird es mir klar. In den Nachrichten mag nichts stehen, aber es gibt etwas, wo sich etwas finden lassen könnte.

In den Pressemitteilungen der Polizei!

Ich runzle die Stirn, als ich die Worte eintippe. Ich weiß nicht genau, wonach ich suche. Ich weiß nicht mal, ob diese Berichte frei zugänglich sind. Aber falls ja, könnten sie mir vielleicht etwas sagen, das die Nachrichten verschweigen.

Meine Suche führt mich zu einer Seite, auf der die Art von Vorfällen gelistet sind, nach denen ich suche. Es ist furchterregend zu sehen, wie viel kriminelle Aktivitäten den friedlichen Mikrokosmos umgeben, in dem ich lebe. Viele versuchte Raubüberfälle, fast täglich, Messerangriffe, betrunkene Männer, die sich gegenseitig fast totprügeln, eine Frau, die angegeben hat, dass jemand sie nur zwei Blocks von meiner Wohnung entfernt versucht hat zu vergewaltigen.

Ich schwöre mir selbst, dass ich das hier nie wieder ansehen werde, wenn ich mit meiner Suche fertig bin. Diese Scheiße ist wirklich irre. Ich dachte, die Art von Manuskripten, mit denen ich arbeite, wären weit hergeholte Fiktion, aber wenn ich mir diese Statistiken so ansehe, muss ich wohl meine Weltsicht überarbeiten.

Ich wechsle die Gegend, in der ich gerade suche, und scrolle nun durch den Stadtteil, in den ich fast jede Woche flüchte. Es ist nicht einfach irgendein

Viertel. Es ist der Ort, der dem am nächsten kommt, was ich Zuhause nennen könnte, weil ich dort die längste Zeit meines Lebens verbracht habe. Es ist ein Ort, der die Stärke und die Charakteristika besitzt, dich runterzuziehen und jeglichen Anstand, jeden Traum, alle Willensstärke und sämtliche Ambitionen zu zerstören. Für die Kinder, die dort groß werden, scheint es nur einen einzigen Pfad im Leben zu geben: nach unten.

Für mich war genau das der Antrieb. Obwohl er mir alles abverlangt hat und versucht hat, mich wie alle anderen runterzuziehen, habe ich mich an die Vorstellung geklammert, dass es etwas Anderes, etwas Besseres dort draußen geben muss. Etwas, das sich vielleicht nicht erreichbar anfühlt, aber tatsächlich ist, wenn ich es nur genug versuche.

Meine Träume waren nicht sonderlich groß, aber groß genug um etwas zu haben, nach dem ich streben konnte. Vielleicht hat es das leichter gemacht. Ich besaß nicht nur etwas, von dem ich weg wollte, sondern auch etwas, zu dem ich *hin* wollte.

Als ich durch diese weitaus längere Liste an kürzlich zurückliegenden Berichten sehe, erinnere ich mich sofort daran, wie schlimm es wirklich dort war.

Wie verängstigt ich war, auch nur einen Schritt nach draußen zu machen, selbst wenn meine Mutter bei mir war. Es war schrecklich.

Als ich mich dem Tag nähere, an dem ich den dunklen Typ auf dem Dach getroffen habe, beginnt mein Herz vor Angst zu pochen.

*Bitte, lass keinen Bericht existieren. Bitte, bitte, bitte.*

Doch da ist er.

Für den Tag, der auf die Nacht gefolgt ist, in der ich von meinem üblichen Fleck auf dem Dach verjagt worden bin, wird ein Vorfall gelistet.

Ein Mord.

„47-jähriger Mann erschossen. Mögliche Verbindung zu Mafiaaktivitäten."

Ich atme hörbar ein und kann förmlich fühlen, wie mein Gesicht kalkweiß wird.

*Fuck.*

Irgendwie war es bisher einfacher. In den Nachrichten war nichts, und solange nicht darüber berichtet wurde, ist es nicht geschehen, richtig? Mehr als eine Woche lang hatte ich versucht mich davon zu überzeugen, dass das, was ich an jenem Abend beobachtet habe, nicht wirklich passiert ist.

Es war ein bisschen wie Schrödingers Katze. Es konnte einen Toten geben, oder auch nicht. Ich konnte nicht sicher sein, ob wirklich jemand gestorben war.

Bis jetzt.

Ich muss zur Polizei. Ich muss das melden.

Aber wie soll ich es erklären? Wie soll ich die Tatsache erklären, dass ich mehr als eine Woche damit gewartet habe, bei ihnen vorstellig zu werden? Vielleicht würden sie sogar glauben, dass ich in die ganze Sache verwickelt bin.

Und was würde es auch bringen? Es ist ja nicht so, als ob ich ihnen viel über den Mann erzählen kann. Ich habe sein Gesicht nicht gesehen, nur einen kurzen Blick in seine Augen werfen können. Es war dunkel und er war in schwarz gekleidet und hatte sein Gesicht hinter einem Schal und sein Haar unter einer Kappe versteckt. Ich weiß nicht mal, welche Haarfarbe er hat, obwohl ich so eine Vermutung habe, dass er nicht blond ist.

Wie groß war er? Das weiß ich nicht.

Gab es etwas Charakteristisches, das mir dabei helfen könnte, ihn zu identifizieren? Ich glaube nicht.

Alles, was ich ihnen sagen könnte, war, dass ich gesehen habe, wie er mit einem Gewehr von diesem

Dache geschossen hat, und vermutlich wissen sie genau so viel. Allerdings frage ich mich, ob sie in der Lage gewesen sind, die exakte Position des Schützen festzustellen?

Würde es ihnen helfen, wenn sie das wüssten? Vermutlich.

Würde ich mich mitschuldig machen, wenn ich es der Polizei nicht melde?

Meine Gedanken kreisen wieder darum, was mit mir passieren könnte, wenn ich ihn bei der Polizei anzeige. Was, wenn all das dazu führen würde, dass ich irgendwie in die Machenschaften der Mafia verwickelt werde? Der Gedanke macht mir unglaublich viel Angst, und ich glaube nicht, dass das so unwahrscheinlich ist. Immerhin handelt die Mafia in ihrem eigenen Mikrokosmos, zumindest fühlt es sich so für mich an. Alle wissen, dass sie existiert und die Finger in allen möglichen Geschäften hat, aber man hört kaum etwas über ihre Aktivitäten.

Wie diesen, einen offensichtlichen Mord. Warum war nichts davon in den Nachrichten gewesen? Nicht mal in den Lokalnachrichten, die selbst über den dümmsten Scheiß berichten, der hier passiert ...

„Nike?“, höre ich Amanda aus der Küche rufen. „Hast du Hunger? Ich mache Pasta!“

Ich schlucke schwer. Mir ist kotzübel, in meinem Hals steckt ein harter Kloß, und allein der Gedanke an Essen ist fast schmerzhaft.

Ich weiß nicht, ob ich etwas essen kann, aber ich weiß, dass ich die Anwesenheit meiner Freundin, die mich ablenken würde, genießen würde.

„Ja – ich komme!“, erwidere ich und schließe meinen Laptop.

# Kapitel 5

*Nike*

„Du siehst aus, als ob du einen Geist gesehen hättest“, bemerkt meine aufmerksame Freundin, als ich in die Küche komme.

Ich werfe ihr ein schwaches Lächeln zu und bemühe mich, etwas weniger beunruhigt auszusehen. Aber bei ihr klappt das nie.

„Es war ein harter Tag“, lüge ich.

„Oh?“ Sie dreht sich wieder dem Herd zu. Amanda ist eine exzellente Köchin. Obwohl ich in der Lage bin, mich selbst hier und da mit einigermaßen gesundem Essen zu füttern, muss ich mich dazu zwingen, etwas zu kochen, das mehr als einen Topf benötigt. Sie hingegen wirft mühelos Zutaten und Gewürze zusammen und erschafft hervorragende Gerichte.

„Ich dachte, deine Deadline wäre noch weit weg“, fährt sie fort. „Wieso ist heute hart gewesen? Ist jetzt nicht gerade einer der etwas ruhigeren Abschnitte?“

Verdammt. Ich bin so eine schlechte Lügnerin und neige dazu zu vergessen, wie gut Amanda mir jedes Mal zuhört, selbst wenn ich ihr die banalsten Geschichten von der Arbeit erzähle.

„Ach, nicht *dieser* Stress“, versuche ich zu erklären und setze mich an den Küchentisch hinter ihr. Ich weiß, dass sie meine Hilfe beim Kochen nicht braucht, und wenn es etwas für mich zu tun gibt, besteht das vermutlich darin, dass ich etwas klein schneide, und sie wird es einfach gemeinsam mit der Anweisung dafür vor mir abstellen.

„Nur schlechte Stimmung, die Leute haben gestritten. Und ich bin müde, weil ich nicht besonders gut geschlafen habe“, spinne ich meine Lügen weiter.

„Verstehe“, sagt sie, ohne mich anzusehen.

Sie sagt, sie mache Pasta, aber es stehen drei Töpfe auf dem Herd, ein großer und zwei kleinere. Sie lässt Wasser in dem großen aufkochen, während sie klein gehackte Zwiebeln in einen anderen wirft. Der dritte ist offensichtlich noch nicht in Gebrauch.

„Was kochst du?“, frage ich in dem Versuch, das Thema zu wechseln.

„Pasta“ wiederholt sie. „Eine Carbonara-Variante. Bin noch nicht ganz sicher, was genau es wird.“

Fast alles, das Amanda zubereitet, ist eine Variante von etwas anderem. Manchmal wünschte ich, ich könnte so kreativ sein wie sie beim Kochen. Dasselbe gilt für ihren Job. Während ich einfach die Arbeit anderer aufpoliere, ist sie jemand, der neue Stücke schreibt und eine ganz eigene Geschichte fabrizieren kann. Ich glaube, das könnte ich nie, weder beim Kochen noch in meiner Arbeit.

„Hey, ich habe heute gehört, dass ihr dieses Wochenende bei dieser Connor-Benefizveranstaltung mitmischt“, sagt Amanda und wirft mir einen schnellen Blick über die Schulter zu.

Ich zucke zusammen. „Ja, woher weißt du das?“

Sie grinst mich an. „Darling, ich weiß alles.“

Ich neige fragend den Kopf.

„Boss hat mir davon erzählt“, erklärt sie. Wenn Amanda Boss sagt, meint sie damit nicht ihren richtigen Chef, sondern einen anderen Journalisten aus ihrem großen gesellschaftlichen Zirkel. Sie hatte hin und wieder Affären mit ihm. Er ist ein großer, dominanter Kerl, nach dessen Entschlossenheit und befehlsgewohntes Verhalten sie sich auf der einen Seite sehnt, es dann aber wieder als zu viel erachtet, sobald sie auf den Geschmack gekommen ist. „Er wurde auch eingeladen und hat mich drum gebeten, seine Begleitung zu sein."

„Seine Begleitung? Das ist doch keine Hochzeit."

Sie rollt mit den Augen und wirft ihr geglättetes, langes braunes Haar über die Schulter zurück. „Du weißt, was ich meine."

„Klar", erwidere ich und zwinkere ihr zu. Ich bin mir ziemlich sicher, dass sie Boss mehr mag, als sie bereit ist zuzugeben.

„Hast du eine Einladung?", fragt sie. „Ich meine, vermutlich ist es nicht ..."

„Offen gestanden, ja", sage ich. „Ich weiß nicht, warum, aber Mr. Campbell ließ mich wissen, dass es mir – und ich zitiere – ‚offen stehen würde, teilzunehmen'."

Ihre Augen weiten sich vor Begeisterung. „Großartig! Wir können zusammen hingehen!"

„Ich dachte, du würdest mit deinem Boss hingehen?“ Ich werfe ihr ein freches Grinsen zu.

„Urks.“ Sie rollt erneut mit den Augen. „Egal. Aber wie cool! Kostenlose Drinks und so viele Möglichkeiten, zu netzwerken! Weißt du, wer alles da sein wird?“

„Nein“, sage ich, obwohl ich mir ziemlich sicher bin, dass es eine rein rhetorische Frage ist.

„Alle!“ Amanda strahlt und bestätigt damit meine Annahme. „Pack auf jeden Fall deine Visitenkarten ein!“

„Okay“, antworte ich. Irgendwie ist mir der Gedanke daran, Kontakte zu knüpfen, nie in den Sinn gekommen, obwohl ich weiß, wie wichtig das vor allem in der Verlagswelt ist, in der es so wenig Jobs für so viele hoffnungsvolle Kandidaten gibt.

„Was wirst du anziehen?“, fragt Amanda als Nächstes.

Ich lächle sie an. „Dabei werde ich wohl deine Hilfe brauchen.“

„Oh, die brauchst du“, bestätigt sie. „Und du solltest an diesem Abend besser gut aussehen. Es gibt nicht nur berufliche Kontakte, die man schließen kann, weißt du?“

„Was meinst du damit?“

Sie dreht sich zu mir um und zwinkert mir zu. „Dort gibt es auch viele brauchbare Junggesellen.“

Ich hebe die Augenbrauen. „Muss ich dich daran erinnern, dass du mit Boss hingehst? Ich glaube nicht, dass es ihm gefallen wird, wenn du in seiner Gegenwart mit anderen flirtest.“

„Doch nicht ich, Dummerchen“, sagt Amanda. „Ich bin grad ziemlich zufrieden.“

Ein Kichern von meiner Seite lässt sie innehalten und wir einen warnenden Blick zuwerfen.

„Du allerdings“, sagt sie und hebt die Stimme wie eine schimpfende Mutter. „Du musst wirklich mal rauskommen! Ich habe es satt, dich das ganze Wochenende über Trübsal blasen zu sehen. Und diese seltsame Angewohnheit, dass du nachts auf irgendwelchen Dächern herumhockst, fängt wirklich an mir Angst zu machen.“

Die Erwähnung, dass ich meine Zeit auf Dächern verbringe, versetzt mir einen kalten Stich durchs Herz. Die Melodie, das unterdrückte Geräusch dieses einen Schusses. Die Sicherheit, dass jemand in jener Nacht gestorben ist. Ich habe gesehen, wie ein Mann einen anderen getötet hat, und wurde danach von ihm gejagt. Ich wünschte, ich könnte glauben, dass nichts davon jemals geschehen ist ...

„Alles okay bei dir?“, fragt Amanda. In ihrer Frage schwingt Lachen mit. „Meine Güte, ich wusste ja nicht, wie sehr dir die Vorstellung, mit jemandem flirten zu müssen, Angst macht!“

Ich winke ab und versuche, die düsteren Erinnerungen zu vertreiben, indem ich in ihr Gelächter einfalle.

„Du weißt doch, dass es nicht jedem so leicht fällt wie dir“, sage ich und bemühe mich, unbeschwert zu klingen.

„Liebes, ich sage nicht, dass es leicht sein wird“, erwidert sie und rührt den Inhalt des kleineren Topfes um. „Aber du musst dich mal aus deiner Komfortzone bewegen.“

„Das ist doch wohl voll das Klischee!“

„Vielleicht“, lenkt sie ein. „Aber du weißt, dass ich recht habe.“

Natürlich weiß ich das. Ich stoße einen tiefen Seufzer aus und wünsche mir stillschweigend, dass das Flirten mit fremden Männern gerade meine größte Sorge wäre.

„Ja, das weiß ich“, sage ich. „Du hast recht.“

Ein triumphierendes Lächeln breitet sich auf Amandas Gesicht aus.

„Weißt du, was?“, meint sie. „Ich mache es dir ein wenig leichter.“

Ich werfe ihr einen fragenden Blick zu.

„Das nächste Mal, wenn du jemanden siehst, der dir gefällt, und du nichts unternimmst, wirst du einen ganzen Monat lang die Wohnung alleine putzen.“

„Warum sollte ich dem zustimmen?“ Ich schüttle den Kopf.

„Weil ich die Wohnung einen ganzen Monat lang putzen werde, wenn du den ersten Schritt machst“, sagt sie und strahlt mich an, als ob sie gerade sämtliche Probleme der Welt gelöst hätte. „Wirklich! Das ist doch eine sichere Sache für dich, wenn du den Mut findest, jemanden anzusprechen, findest du nicht?“

Ich sehe sie mit erhobener Augenbraue an, die sämtliche Zweifel meinerseits ausdrückt.

Aber mir gefällt die Idee. Wenn schon nichts anderes, wird mich Amandas kleine Herausforderung beschäftigt halten und ablenken, so dass ich weniger Gedanken an die gruselige Begegnung während meines voraussichtlich letzten Besuchs auf dem Dach verschwende.

„Okay“, stimme ich zu. „Das klingt, als ob ich von dem Deal mehr profitiere als du, also wäre ich blöd, nein zu sagen.“

Ich zwinkere sie an, und Amanda lacht.

„Aber wir müssen ein Zeitlimit setzen“, sagt sie. „Du musst jemanden innerhalb der nächsten zwei Wochen ansprechen.“

„Zwei Wochen? Du weißt doch, dass ich nicht jede Nacht durch die Bars ziehe wie ...“

„Wie ich?“, unterbricht sie mich und wirft mir einen beleidigten Blick zu.

„Das wollte ich nicht sa...“

„Ist auch egal“, sagt Amanda. „Wie gesagt, diese Benefizveranstaltung wird eine Goldgrube!“

„Geschäftliche Kontakte? Ich denke nicht, dass ...“

„Nicht die“, widerspricht sie. „Aber es werden auch Journalisten und Unterstützer dort sein.“

„Unterstützer?“

„Ja.“ Sie zwinkert mir zu. „Reiche Kerle, die investieren, aber sie haben beruflich nichts mit dem Verlagswesen zu tun. *Sie* sind die, auf die du dich konzentrieren solltest.“

„Super.“ Ich seufze. „Ein Haufen alter Knacker mit Geld. Sehr sexy.“

Amanda schüttelt den Kopf. „Oh, nein. Nicht alle davon sind alt! Ich habe ein wenig recherchiert ...“

„Natürlich hast du das.“

Sie ignoriert meinen kleinen Kommentar und fährt fort: „Ein paar davon sind die Söhne der zuvor erwähnten ‚alten Knacker' und einige sind vollkommen neu dabei, junge CEOs und Manager, die noch dabei sind, die Karriereleiter hochzuklettern. Die Benefizveranstaltung soll junge Investoren mobilisieren, schon vergessen?“

Ich schüttle den Kopf.

Amanda gießt die Pasta ab, schaltet den Herd aus und rührt die Soße noch ein letztes Mal um, bevor sie verkündet, dass das Essen fertig sei.

„Erstmal essen“, sagt sie. „Und danach finden wir etwas, das du für die Veranstaltung anziehen kannst.“ Sie sieht mich mit einem frechen Grinsen an und zwinkert erneut. „Das wird ein wichtiger Termin für dich, junge Dame.“

Sie hat keine Ahnung, wie recht sie damit haben wird.

# Kapitel 6

*Mars*

Der heutige Abend schenkt mir einen weiteren Blick in mein neues Leben. Das Leben, auf das ich die letzten Monate hingearbeitet und für das ich gekämpft habe. Ein Leben, das nicht von mir verlangt, das eines anderen zu nehmen, um durchzukommen.

Jahrelang wurde mir gesagt, dass das alles wäre, wofür ich gut wäre.

Töten. Sie haben es ein Talent genannt.

„Du hast die Augen und die Zielsicherheit dafür ... und das Herz“, waren die Worte von Big Joseph gewesen. Sie klingen bitter, jetzt, da er verstorben ist. Ich weiß, dass es ein Kompliment sein sollte, und als junger Mann habe ich mich geschmeichelt gefühlt, vor allem deshalb, weil er es war, der es gesagt hatte. Der große Boss.

Ich vermisse ihn, verdammt.

Es gibt für alles eine Zeit und einen Ort, und das Töten hat gelinde gesagt den Reiz für mich verloren. Ich hasse es, auf diese eine Fähigkeit reduziert zu werden, die nur dazu genutzt werden kann, das Leben eines anderen zu rauben.

Empathie mag mir fremd sein, aber ich bin nicht so geboren worden. Ich wurde dazu gemacht. Es ist nützlich bei einem gut bezahlten Job, aber die Arbeit an sich entzieht meiner Seele das letzte bisschen Licht, das noch darin enthalten ist. Ich hasse es abgrundtief.

Daher unternahm ich, wie jeder, der einen Karrierewechsel versucht, die notwendigen Schritte, um eine bedeutsame Veränderung in meinem Leben vorzunehmen. Der einzige Unterschied ist, dass es mir nicht so leicht fällt, wie einem durchschnittlichen Mitarbeiter in einer Firma.

Das Event heute Abend erinnert mich daran, wie weit ich es gebracht habe. Wenn ich das Gefühl nur genießen könnte, ohne mir Sorgen um eine gewisse Frau mit wilden Haaren machen zu müssen, deren

Augen etwas gesehen haben, das noch keine lebende Seele mitbekommen hat – und die immer noch dort draußen ist. Scheinbar hat sie noch nicht geredet, zumindest nicht mit der Polizei. Bisher ist mein Auftrag so sauber verlaufen wie jeder andere. Aber natürlich kann ich mir da nie sicher sein, solange sie noch am Leben ist.

Ich weiß nicht, wo ich nach ihr suchen soll, und ich besitze keine einzige Spur, die mir sagen könnte, wo ich anfangen soll. Vielleicht lebt sie in der Gegend, arbeitet möglicherweise sogar in einem der Bordelle dort, obwohl ich das sehr bezweifle.

Ich habe *nichts*, und das macht mich wahnsinnig. Sie hat mich gesehen und ist entkommen, weil ich ein zu großer Schisser war, um den Abzug zu betätigen, wenn ich es hätte tun sollen. Allein der Gedanke bringt mich dazu, vor Wut die Faust zu ballen.

Es gelingt mir, sie zu vergessen, als ich an den Veranstaltungsort komme und mir ein Glas Champagner nehme, das mir am Eingang angeboten wird. So, wie mein Leben damals begonnen hat, hätte ich mir nicht mal vorstellen können, bei einer solchen Nacht Getränke auszugeben. Einer der Gäste zu sein, hätte vollkommen außer Frage gestanden.

Und doch bin ich hier.

Ich gehe in dem Wissen durch die breite Glastür, die in den Hauptbereich der Veranstaltung führt, dass ich wie jeder andere hier dazugehöre.

Die Örtlichkeit ist gigantisch, viel größer, als ich erwartet hatte. Die protzige Dekoration ist in Weiß und Gold gehalten mit matten weißen Vorhängen, die die bis zum Boden reichenden Fenster einrahmen. Der Raum ist gefüllt mit Stehtischen, die mit dickem Stoff bedeckt sind und auf denen Blumenarrangements stehen, die viel kleiner hätten sein sollen.

Kleine Gruppen von Leuten sind um jeden Tisch versammelt, naschen filigranes Fingerfood und nippen an ihrem Champagner. Zuerst sehe ich keine bekannten Gesichter. Das ist keine Überraschung, wenn man meine Rolle hier bedenkt. Es ist eine Benefizveranstaltung für ein umfassendes Bibliotheksprojekt für unterprivilegierte Kinder, die keinen Zugang zu höherer Bildung haben. Ich bin ein Unterstützer des Projekts und habe meinen Namen der langen Liste von Spendenden hinzugefügt, nach denen ein Gebäude oder eine bestimmte Kampagne im Projekt benannt werden.

Es hilft dem Ruf meiner Firma und bringt mich auf die Stufe derer, die zu respektieren sind, weil bekannt ist, wie viel Geld in dieses Projekt fließt. Es zeigt, dass ich einer der großen Akteure bin. Außerdem ist Nächstenliebe immer gut fürs Geschäft. Die Menschen müssen nicht den wahren Grund für meine Investition in dieses besondere Projekt kennen.

„Mars!“, höre ich eine bekannte Stimme hinter mir. „Joe Mars, du hier?“

Ich drehe mich um und erkenne Donald, einen Kerl in meinem Alter, dessen Startup ich als Investor unterstützt habe. Ich habe nie eine eigene Firma aufgebaut, aber mein Verständnis des Marktes macht es mir leicht, mein Vermögen zu vervielfachen, indem ich in die richtigen Aktien und Ideen anderer investiere. Bisher hat es sich für mich gut ausgezahlt – und es war mein Ticket in die Freiheit. Raus aus der Mafia, aus diesem seelenraubenden Vertrag, der mich überhaupt erst reich gemacht hat.

„Donald“, erwidere ich den Gruß. „Ich wusste nicht, dass du heute Abend hier sein wirst!“

„Dito“, sagt er und schüttelt mir die Hand auf seine übliche geschäftstüchtige Art und Weise – stark und entschlossen, aber freundschaftlich. „Unterstützt du eine weitere gute Sache?“

Er lächelt mich an, als ob ich wirklich genau wie er wäre. Ein guter Kerl, ein unschuldiger Mann. Jemand, der nicht das Herz hat, einen anderen zu töten, sondern demjenigen zu helfen.

Es ist die Art Lächeln, von dem ich mehr sehen will, obwohl ich weiß, dass es nicht zu einem Mann wie mir passt.

„Ich nenne es kluge Investments“, korrigiere ich ihn. „Ein guter Zweck vervielfacht nicht das eigene Geld.“

„Inwiefern verdienst du hiermit Geld?“, fragt er und gestikuliert in den Raum. „Es ist nicht so, als ob dieses Projekt Einkommen generiert, von dem du einen Anteil erhalten könntest.“

„Es wird meinen Namen tragen“, sage ich. „Und das wird neue Kunden heranlocken. Verlagshäuser leiden unter den aktuellen Entwicklungen, und ich wette, es gibt weitere kluge Kerle wie dich hier, die wissen, wie man das zu seinem eigenen Vorteil verwenden kann. Ich gehe nur sicher, dass ich bei diesem Spiel mit von der Partie sein werde.“

All das stimmt, ist aber nur Teil des Grunds, weshalb ich mich hier eingebracht habe. Donald ist allerdings einer der Letzten, der davon wissen muss.

Wir führen den üblichen Smalltalk. Ich höre mir seine letzten Errungenschaften im Geschäftlichen und Privaten an, obwohl Letzteres mich nicht interessiert. Aber ich weiß, dass es ein integraler Teil einer geschäftlichen Beziehung wie unserer ist. Und wenn es etwas gibt, das ich mehr als alles andere brauche, dann sind es neue Freunde, einen guten Ruf und Vertrauen von denjenigen, mit denen ich arbeiten und erfolgreich sein will.

Es gibt Tischreden und Ansprachen, das Logo des Projekts wird enthüllt, die meisten der Spendernamen werden verlesen, wobei ich etwas Applaus ernte und die ungeteilte Aufmerksamkeit der meisten Anwesenden für ein paar Augenblicke erhalte, und Drinks – Unmengen davon.

Ich trinke nicht viel, das habe ich noch nie. Auf dem Gebiet, in dem ich in den letzten neun Jahren tätig war, war es notwendig für mich, nüchtern zu bleiben und ständig meine Sinne beisammen zu haben. Alkohol ist ein ständiger Gefährte an den Orten, wo die Mafia sich trifft, aber ich habe davon so gut es ging

Abstand gehalten. Es gab zwei Möglichkeiten, diese Situationen zu handhaben: Entweder man wird jemand, der einiges verträgt, mit den anderen mithalten und unter den Tisch saufen kann, obwohl man die gleiche Menge trinkt, oder man bleibt, so weit möglich, abstinent, ohne eine große Sache daraus zu machen. Ich glaube, dass keiner meiner früheren Kontakte jemals mitbekommen hat, wie wenig ich mich ihren ständigen Saufgelagen angeschlossen habe.

Ich beende das erste Glas Champagner aus Höflichkeit, bevor ich zu Orangensaft wechsle, der für die anderen auch wie ein Mimosa wirken könnte. Der Rest der Gäste scheint mehr daran interessiert zu sein, so viel wie möglich von der kostenlosen Bar zu profitieren. Die Gesichter um mich herum werden rot und die meisten Leute, mit denen ich ein Gespräch beginne, fangen schon bald an, leicht zu nuscheln.

Die perfekten Bedingungen, um ein paar neue Freunde zu finden und ein paar Dinge zu erfahren, die sie mir sonst nie mitteilen würden.

Ich wende einer kleinen Gruppe von Journalisten den Rücken zu, an denen ich nur wenig Interesse habe, als mein Blick auf sie fällt.

Die Zeit steht sofort still. Die Geräusche um mich herum sind gedämpft, und mein Sichtfeld wird an den Rändern dunkler, als würde sich ein Tunnel formen, der direkt zu ihr führt.

Eine junge Frau mit schmalen Schultern und einem Kopf, der viel zu groß für ihren Körper wirkt, vor allem deshalb, weil er von einer dichten, lockigen Mähne dunkelblonden Haars umgeben ist.

*Sie* ist es.

Die Frau vom Dach.

Und sie sieht mich an.

Was zur Hölle macht sie hier?!

Ihre überraschend dunklen Augen ruhen auf mir, weit geöffnet, wie damals, als wir uns in jener schicksalhaften Nacht getroffen haben. Aber es ist nicht Angst, die ich in ihrer Mimik lesen kann.

Sie wendet sich ab, bevor ich herausfinden kann, welches Gefühl sich auf ihrem Gesicht widergespiegelte, als sie mich angesehen hat. Mein Blick liegt immer noch auf ihr, während sie mit einer anderen Frau neben sich spricht. Wie sie miteinander umgehen zeigt mir, dass sie sich sehr nahe stehen. Die andere hat schwarzes glattes Haar mit einem geraden Pony, der ihre Stirn bedeckt, und ihr ein Aussehen verleiht, das sich nicht mehr von dem ihrer Freundin mit der Löwenmähne unterscheiden könnte.

Sie flüstern auf geheimnistuerische und vertraute Art miteinander, und es wirkt so, als ob die Schwarzhaarige sich bemüht, ihre Freundin zu beruhigen. Sie wirft mir einen Sekundenbruchteil einen Blick zu, während die Frau mit der Mähne mir den Rücken zugewandt hat, als ob sie versucht, sich zu verstecken.

*Shit.* Hat sie mich erkannt? Wenn die beiden sich so nah stehen, wie es den Anschein erweckt, hat sie vielleicht ihrer Freundin von diesem beängstigenden Vorfall vor zwei Wochen erzählt. Ich wette, dass sie es getan hat.

*Das ist er, das ist er,* könnte sie gerade gesagt haben. Das würde den Blick in den Augen ihrer Freundin erklären und die Tatsache, dass sie zu mir rübergesehen hat, während sie aufgeregt miteinander flüstern.

Allerdings lagen weder Sorge noch Angst in diesem Blick. Sie versuchten vielleicht beide, es zu verbergen, weil sie mich nicht wissen lassen wollten, dass ich erkannt worden bin.

Ich verenge die Augen, als ich zu ihnen hinüberstarre, unsicher, was ich tun soll. Was, wenn sie sich entschließen, sofort die Polizei zu rufen? Bisher hat keine von ihnen nach dem Handy gegriffen, aber sobald sie es tun, bin ich hier draußen. Das ist die einzige Möglichkeit, die mir einfällt.

Alles, das ich mir aufgebaut habe, würde zerstört werden. Mein neues Leben? Kann ich mir aus dem Kopf schlagen. Lebenslange Haftstrafe ist alles, was mich erwartet, wenn diese Frau mich ausliefert.

Weglaufen ist meine einzige Option. Darauf bin ich vorbereitet. Alles steht bereit, um mir die größtmögliche Chance zu geben, dem Gefängnis zu entgehen. Geld ist versteckt, eine neue Identität wartet auf mich, Reiserouten und Dokumente liegen bereit. Ich musste vorbereitet sein, aber ich hatte gehofft, das nie benutzen zu müssen.

Heute Abend könnte es so weit sein.

Ich kann sie keine Sekunde aus den Augen lassen. Ich werde ihr nicht erlauben, diesen Anruf zu tätigen und mich hier verhaften zu lassen, umgeben von dem, was mein neues Leben hätte sein sollen.

Ich nippe erneut an meinem Orangensaft und versuche, möglichst nonchalant zu wirken, während ich weiter die beiden schnatternden Frauen beobachte.

Ich muss zugeben, sie ist hübsch. Sie umzubringen wird nicht leicht werden, für den Fall, dass ich überhaupt die Gelegenheit dazu bekomme. Sie trägt ein dunkelblaues Stiftkleid aus Seide und ihr Haar wird von zwei Klammern an jeder Seite zurückgehalten. Es ist lockig und wild, aber gezähmter als in der Nacht auf dem Dach. Mir gefällt der Kontrast ihrer dunklen Augen mit ihrem ziemlich hellen Haar und der blassen Haut.

Wenn die Umstände anders wären, würde ich sie für eine Nacht wählen, um diese verdammte Dunkelheit wegzuvögeln, die mich nach jedem Auftrag überfällt. Die Nacht, als ich auf dem Dach durch sie erwischt worden war, war die Erste, in der ich nicht wie üblich nach einer erledigten Aufgabe nach einer Frau gesucht habe.

Als ich sie weiter beobachte und feststelle, dass sie es offensichtlich eilig hat, ihren Drink zu leeren, während sie mit ihrer redseligen Freundin spricht, bemerke ich, dass ich sie will.

Was für eine verdrehte Scheiße – sie zu ficken, bevor ich sie töte.

Mein Schwanz zuckt bei dem Gedanken und erhebt sich ungewollt.

Sie dreht sich um und sieht mich immer noch mit diesen großen dunklen Augen an, und diesmal kann ich die Angst in ihnen sehen. Aber es ist nicht dieselbe Art von Horror, die sie in jener Nacht gezeigt hat. Es ist mehr nervöse Sorge.

Ich ignoriere den Kloß in meinem Hals, als sie ihr leeres Glas an ihre Freundin reicht und sich mir mit steifen, aber entschlossenen Schritten nähert.

# KAPITEL 7

*Nike*

„Vergiss nicht unseren Deal“, erinnert mich Amanda, als sie mir ein weiteres Glas Champagner bringt.

Ich glaube, wir hatten beide bereits ein bisschen zu viel. Ich habe bereits jede Menge Visitenkarten weitergegeben, ohne sie noch zählen zu können, mit Leuten gesprochen, Hände geschüttelt und genetzwerkt wie noch nie in meinem Leben. Es ist genau, wie mein Boss und Amanda mir versprochen haben: Diese Veranstaltung ist eine wahre Goldmine, wenn es um Kontakte geht, die mir mit meiner Karriere weiterhelfen könnten.

Ich habe immer unterschätzt, wie wichtig diese Dinge sind, und während die Freigetränke ihre Wirkung auf fast jede anwesende Person zeigten, ging ich hinüber zu meinem Chef und bedanke mich, dass er mich heute Abend eingeladen hat. Er hat meine Schulter in einer ungemütlich vertraulichen Geste getätschelt, sein Gesicht leuchtete rot und erhitzt wegen des Alkohols, und er nickte enthusiastisch.

Danach entschuldigte ich mich rasch und ging zurück zu Amanda, mit der ich den ganzen Abend noch nicht gesprochen hatte. Sie hatte den Großteil der Zeit ähnlich verbracht wie ich, aber mit einer anderen Zielgruppe – und mit ihrem Boss.

„Wo ist dein Boss?“, frage ich sie, als wir endlich miteinander anstoßen.

„Versuch gar nicht erst das Thema zu wechseln“, warnt sie mich und zwinkert mir zu. „Er ist da drüben und spricht mit Leuten, die mich langweilen.“

Sie deutet in Richtung der anderen Seite des Raums. Ich sehe ihn nirgendwo, nicke aber nichtsdestotrotz.

„Also“, fährt sie fort. „Hast du jemand Interessanten gesehen?“

Ich nippe wieder an meinem Drink, um meine Antwort hinauszögern zu können. Ich kannte viele der Anwesenden nicht, und die meisten von ihnen fielen vermutlich in die Gruppe der Spender, die Geld in dieses Projekt schossen, aber sonst nicht damit verbunden waren – und genau wie Amanda es versprochen hatte, waren mehr von ihnen in unserem Alter als in dem unserer Eltern oder Großeltern.

Einer im Besonderen stach hervor. Groß, braunes Haar und dunkle haselnussfarbene Augen – kurz gesagt voll mein Typ. Aber es ist mehr als das. Sein ganzes Erscheinungsbild schreit *sexy*. Anders als die meisten anderen Männer hier hängt sein maßgeschneiderter Anzug nicht an einem schlanken und schwach wirkenden Körper wie an einer Schaufensterpuppe, sondern wird von breiten Schultern und muskulösen Armen gedehnt. Er sieht nicht wie ein durchschnittlicher Geschäftsmann aus, sondern mehr wie ein Gewichtheber, der für diesen Abend einen Anzug angelegt hat. Ihn umgibt etwas Dunkles und Einschüchterndes. Ich habe ihn noch kein einziges Mal lächeln sehen und auf seinem ausgeprägten Kiefer ist ein Dreitagebart zu erkennen, was ebenfalls unüblich ist.

Er ist ebenfalls einer der Spender. Joe Mars, wenn ich mich recht entsinne. Als sein Name während der Lobrede erwähnt wurde, deutete er ein Nicken an, während er aufrecht und mit leicht gespreizten Beinen da stand, eine Hand in der Tasche seiner Anzughose, während er mit der anderen sein Glas hob. Selbst in diesem Moment hatte er nicht gelächelt wie die anderen Spender, als sie vorgestellt worden waren. Es war mehr ein kurzes Grinsen.

*Unglaublich sexy.*

Er ist das perfekte Beispiel für einen Mann, der mir die Knie weich werden lässt – und so dermaßen außerhalb meiner Liga. Es wäre lachhaft zu glauben, ich hätte eine Chance bei einem Mann wie ihm.

„Nike?“, unterbricht Amanda meine Gedanken. „Verdammt, Mädel, du wirst rot! Wer? Sag es mir!“

Ich zucke zusammen und atme hörbar ein. „Niemand“, lüge ich. „Nichts. Ich habe ... niemanden entdeckt.“

„Lüg mich nicht an!“, sagt sie. „Erzähl es mir sofort. Du weißt doch, dass ich es so oder so herausfinde.“

Als ob meine Lage noch nicht ungemütlich genug wäre, entschließt er sich in diesem Augenblick, in unserer Nähe aufzutauchen. Er geht allein mit langsamen, großen Schritten im Raum herum und hält einen Mimosa in der Hand, während er sich ruhig umsieht. Seine Präsenz ist stark und einschüchternd, selbst aus der Ferne.

Ich starre ihn an, und natürlich bemerkt Amanda das.

„Oh, mein Gott!“, ruft sie neben mir. „Das ist er, oder? Joe ... irgendwas.“ Sie zögert und überlegt einen Moment. „Ich will Mars sagen“, fährt sie fort. „Wie der Planet?“

„Oder der Gott“, höre ich mich selbst sagen. „Der Gott des Krieges.“

Amanda kichert. „Ist das dein Ernst?“

Ich nicke und will mir am liebsten dafür in den Hintern treten, dass ich überhaupt etwas gesagt habe.

Er hört auf, sich zu bewegen, und hebt das Glas an die Lippen. Diese unglaublichen Lippen. Mein Herz setzt einen Schlag aus, als sein Blick meinen trifft. Wir starren uns nur den Bruchteil einer Sekunde lang an, aber ich kann erkennen, wie sein Blick dunkler wird, bevor ich rasch wegsehe und ihm den Rücken zuwende.

*Oh, Gott, er hat bemerkt, dass ich ihn angestarrt habe*! Und das hat ihn natürlich genervt.

„Du weißt, dass du mit ihm sprechen *musst*, oder?“, fragt Amanda. „Ich meine ... der Gott des Krieges und die Göttin des Sieges? Ehrlich? Das ist Schicksal, ich sage es dir!“

Ich werfe ihr schnell einen Blick zu. „Wie könnte ich mit jemandem wie ihm sprechen?“, merke ich an. „Er steht *so* weit über mir. Das ist lachhaft.“

Sie schüttelt den Kopf und zwinkert. „Wir haben einen Deal!“

„Ja, aber ...“

„Der erste Kerl, auf den du ein Auge geworfen hast“, erinnert sie mich. „Du musst mit ihm sprechen ... oder zwei Monate lang allein unsere Wohnung putzen.“

„Einen!“, protestiere ich. „Wir haben von einem Monat gesprochen!“

„Für den da mache ich zwei draus“, sagt sie und grinst mich an. „Das ist ein viel zu guter Fang, um ihn entwischen zu lassen. Sei nicht dumm!“

„Warum tust du mir das an?“, frage ich sie niedergeschlagen.

„Dir das antun?“, wiederholt sie. „Mädel, du solltest mir dafür danken!“

„Ich kann nicht ...“

„Doch, du kannst!“, unterbricht sie mich. „Und du wirst. Komm schon, was hast du zu verlieren?“

„Meine Würde?“

Sie rollt mit den Augen. „Sei doch nicht so pathetisch.“

„Was soll ich überhaupt sagen?“, frage ich sie und klinge wie ein verwirrtes kleines Kind.

„Nur das übliche, was die Leute so sagen“, antwortet Amanda. „Frag ihn, ob er den Abend genießt. Danke ihm für seine Spende – so was eben. Er fragt dich auch etwas, ihr fangt an euch zu unterhalten und stellt euch gegenseitig vor.“

Sie hält inne und unterbricht ihr Szenario mit einem kleinen Kichern.

„Oh, genau“, fährt sie dann fort. „Du wirst sagen ‚Ich heiße Nike‘ und er dann ‚Ich bin Mars‘, und dann redet ihr über Götter und lacht gemeinsam und ...“

„Okay, okay“, falle ich ihr ins Wort. „Ich verstehe schon.“

„Komm schon, es ist so einfach! Ihr habt doch gleich was, worüber ihr reden könnt. Der Rest folgt dann ganz natürlich.“

Ich nippe erneut an meinem Drink. Sie hat recht. Ich weiß es. Und außerdem, was habe ich schon groß zu verlieren? Ja, es könnte peinlich verlaufen, und ja, er wird mich vermutlich in die Wüste schicken, weil er – wie alle anderen – sofort erkennen wird, dass ich nicht zu ihm passe. Es ist so offensichtlich.

Aber der Gedanke, dass ich zwei Monate lang nicht putzen muss – wenn Amanda ihren Teil der Abmachung einhält –, klingt verführerisch. Und es würde mir gut tun, mehr zu wagen. Ich sollte es als eine Art Übung sehen. Wenn ich einen Mann wie ihn ansprechen kann, wenn ich mich überwinden kann, das heute Abend zu tun, könnte es das nächste Mal so viel einfacher werden.

Es wäre auch eine gute Übung für mich, mit Zurückweisung fertig zu werden.

„Okay“, flüstere ich. „Okay, okay.“

Amanda gibt ein kleines Quietschen von sich, während ich mit einem großen Schluck den Rest meines Champagners herunterkippe und mich umdrehe. Ich reiche ihr mein leeres Glas, bevor ich den ersten und schwersten Schritt mache, der mich von diesem Adonis von einem Mann trennt.

Die Tatsache, dass er mich mit diesen dunklen, erwartungsvollen Augen ansieht, macht es mir nicht einfacher.

*Sei einfach cool, sei einfach cool.*

# Kapitel 8

*Nike*

Natürlich bin ich nicht cool. Ich bin alles andere als cool. Ich bin eine armselige und tollpatschige Idiotin, die zu sehr auf die haselnussfarbenen Augen dieses Mannes konzentriert ist, um sich daran zu erinnern, dass der Veranstaltungsort mit einem unebenen Teppich ausgelegt ist und ich nicht gerade eine Expertin darin bin, in hochhackigen Schuhen zu laufen.

Ich mache gerade den Mund auf, um meine gut durchdachte Eröffnungsrede von mir zu geben, als mein linker Fuß sich in diesem verdammten Teppich verfängt, wodurch ich das Gleichgewicht verliere und wie ein neugeborenes Reh nach vorne stolpere. Ich reiße die Arme hoch, während ich versuche, die Balance wiederzufinden, aber der bisher getrunkene Alkohol macht es mir unmöglich.

Statt einer einigermaßen eloquenten Vorstellung stolpere ich vorwärts und werfe ihn fast auch noch um. Mein Sturz wird nur durch seinen starken Arm unterbrochen. Er fängt mich buchstäblich mit seiner linken Hand auf, seine starken Muskeln spannen sich unter dem Stoff an, während er mit der anderen seinen Drink ausbalanciert. Ich seufze hilflos, als ich mich an seinem Arm festhalte und wieder in die Senkrechte bringe.

Meine Wangen brennen und wenn sie noch nicht wegen des Alkohols leuchtend rot waren, bin ich sicher, dass sie jetzt diese verräterische Farbe zeigen.

Super, was für ein fabelhafter Auftritt. Mein kleiner Rausch mag mir dabei geholfen haben, den Mut zu finden, das hier durchzuziehen – zusätzlich zu dem Anreiz, den Amandas Deal geboten hat –, aber er hilft mir nicht dabei, es elegant zu tun,

Ich wage es nicht, zu ihm aufzusehen, und verbringe unglaublich viel Zeit damit, mein Kleid glatt zu streichen, selbst als gar keine Falten mehr übrig sind.

Er lässt mich los, sobald ich einen einigermaßen stabilen Eindruck vermittle. Ich wünschte, er würde etwas sagen, damit ich einen Grund hätte, zu ihm aufzusehen, aber das tut er nicht. Mein Blick ist immer noch gesenkt und auf die Spitze meiner Schuhe gerichtet, während ich überlege, was ich sagen könnte.

Okay, es gibt jetzt wirklich nur eines, was ich sagen sollte.

„'Tschuldigung", flüstere ich unsicher.

„Wie bitte?", ertönt eine dunkle Stimme.

„Es … 'tschuldigung, es tut mir leid", wiederhole ich und wage es endlich, den Blick zu seinem zu heben.

Er sieht mich auf dieselbe düstere und intensive Weise an, wie ich es vorhin auf seinem Gesicht bemerkt habe. Es ist schwer zu sagen, ob das nur seine übliche Mimik ist oder ob ich ihn wirklich nerve.

Ich schlucke.

„Es tut mir leid", sage ich noch einmal, und jetzt hebt er eine seiner Augenbrauen. Meine ständige Wiederholung nervt ihn eindeutig.

„Schon okay", erwidert er. „Sie hatten Glück, dass ich meinen Drink nicht über Sie geschüttet habe."

Ich nicke, unsicher, was ich dazu sagen soll. Seine Stimme klingt wütend und entnervt. Er wirkt nicht so, als ob er überhaupt mit mir sprechen will.

Ich wusste es. Das war von Anfang an eine dumme Idee – und jetzt habe ich es vollkommen ruiniert, indem ich ihm so in die Arme gefallen bin. Ich sollte mich entschuldigen und so rasch wie möglich verschwinden. Immerhin habe ich meinen Teil der Abmachung eingehalten. Es ging nur darum, den ersten Schritt zu machen. Amanda hat nie etwas davon gesagt, dass es über diese erste Annäherung hinaus gehen sollte. Ich muss mich nicht umdrehen, um zu wissen, dass sie uns beobachtet.

„Also ... noch mal ... es tut mir wirklich leid“, murmle ich und mache Anstalten, mich von ihm zu entfernen.

Ich will mich gerade umdrehen und weggehen, als er mich zurückhält. Eine starke Hand packt meinen Oberarm und drückt so fest zu, dass ich vor Schmerz zusammenzucke.

Er zieht mich zurück und zwingt mich, mich ihm wieder zuzuwenden.

„Sie sind zu mir gekommen“, sagt er und seine Stimme ist so streng wie sein Gesichtsausdruck.

„Wollten Sie etwas von mir? Ich bin mir sicher, dass Sie nicht vorhatten, mir einfach so in die Arme zu fallen."

„Äh … nein", stottere ich. „Ich … ich wollte nur Hallo sagen."

Ich war noch nie besonders schlagfertig.

„Hallo sagen?", fragt er und runzelt die Stirn. „Kennen wir uns?"

„Noch nicht", erwidere ich und versuche, meine Selbstsicherheit wiederzufinden. „Ich dachte nur, ich sollte Hallo sagen …"

„Das haben Sie bereits gesagt."

„Ich meinte, ich sollte mich vorstellen", korrigiere ich mich. „Ich heiße Nike Halsted. Ich arbeite für Linwood Publishing."

Er nickt. „Hallo, Nike Halsted von Linwood Publishing. Ich bin Joe Mars."

Er streckt mir die Hand entgegen, um sie zu schütteln, was ich tue. Sein Griff ist stark, fast zu stark. Ich muss meine Mimik kontrollieren, als er meine Hand so fest drückt, dass es sich fast anfühlt, als ob er meine Knöchel zermalmt.

„Und Sie sind sich sicher, dass wir uns vorher noch nie begegnet sind?", fragt er.

Irgendwie klingt seine Frage wie eine Drohung. Ich weiß nicht, was er an sich hat, aber er scheint sehr argwöhnisch und mürrisch zu sein. Vermutlich will er einfach allein gelassen werden.

Aber warum lässt er mich dann nicht einfach gehen?

„Nein?“, sage ich. „Zumindest wüsste ich nicht, wo und wann.“

Er hebt die Augenbrauen, als ob er mir nicht glaubt. Vielleicht erinnere ich ihn an jemanden? An jemanden, den er nicht besonders mag.

„Ich meine, ich habe Sie vorhin gesehen, als den Spendern gedankt wurde ...“

„Ja, davon spreche ich nicht“, unterbricht er mich.

Er tritt näher, unangenehm näher, packt erneut meinen Oberarm und beugt sich zu mir, bis sein Mund fast meine Stirn berührt.

„Spiel keine Spielchen mit mir“, zischt er so leise, dass ich ihn kaum verstehe.

„Was?“ Ich starre ihn mit aufgerissenen Augen an.

*Spielchen spielen? Wovon spricht er?*

Ein paar Momente treffen sich unsere Blicke. Bis jetzt dachte ich, dass seine Augen ein einfaches dunkles Haselnussbraun sind, aber jetzt, da ich ihm so nah bin, bemerke ich die dunkelgrünen Flecken darin. Die gesprenkelte Farbe lässt sie seltsam lebendig wirken.

Unsere Gesichter sind weniger als fünf Zentimeter voneinander entfernt. Sein Geruch ist verführerisch und wird von einem Hauch Orange durch seinen Drink versüßt.

Verdammt, was für ein schöner Mann er ist!

Er sieht mich eine scheinbare Ewigkeit lang an, bevor er sich schließlich zurückzieht. Er lässt meinen Arm los und bringt etwas dringend benötigte Distanz zwischen uns.

Ich bemerke, dass mein Herz pocht, als ob ich gerade einen meiner Sprints hinter mich gebracht hätte. Dieser Mann bringt mich durcheinander, und dass er so verwirrend mürrisch und wütend ist, verstärkt nur seine Wirkung auf mich.

Es ist anders.

Es ist beängstigend.

Und es ist verdammt heiß.

Dennoch hätte ich gerne gewusst, was er gemeint hat, als er sagte, ich solle keine Spielchen mit ihm spielen.

„Was meinen Sie damit?“, frage ich und hebe kampfeslustig das Kinn, was eine Menge Mut meinerseits erfordert.

Er schüttelt den Kopf. „Ich habe mich nur gefragt, ob Sie mir etwas vormachen.“

„Ich verstehe nicht ...“

„Ich dachte, wir hätten uns schon einmal getroffen“, unterbricht er mich. „Und ich dachte, das Gefühl wäre beidseitig, als Sie meinten, Sie wollten Hallo sagen.“ Er hält inne und sieht sich einen Moment im Raum um. „Aber scheinbar“, flüstert er, „lag ich falsch.“

„Es tut mir leid“, murmle ich. „Meine Vorstellung mag vielleicht ein wenig ... verwirrend gewesen sein.“

„Das können Sie laut sagen“, erwidert er ein wenig vorwurfsvoll.

Okay, das lief nicht besonders gut. Was für ein toller erster Eindruck. Ich sehe zu ihm auf und die kindliche Frage *Darf ich bitte gehen* liegt mir auf den Lippen.

Ich vermute immer noch, dass er lieber allein wäre, aber als ich das letzte Mal versucht habe, ihm diesen Gefallen zu tun, war er derjenige, der mich zurückgehalten hat.

„Also? Warum wollten Sie dann Hallo sagen?“, erkundigt er sich.

Was diesen Mann betrifft, habe ich nichts mehr zu verlieren. Ich habe mich in eine peinliche Lage gebracht, es irgendwie geschafft, ihn zu verärgern – und ich bin betrunken. Diese situationsbedingten Voraussetzungen führen zu einem ziemlich ungewöhnlichen Verhalten meinerseits: Ich beschließe, es mit der Wahrheit zu probieren.

„Ich habe eine Abmachung mit meiner besten Freundin“, höre ich mich loslegen. „Sie wird die nächsten zwei Monate die Wohnung putzen.“

Er hebt fragend eine Augenbraue. „Wirklich?“, erkundigt er sich, und zum ersten Mal klingt er nicht genervt oder wütend auf mich. Auf seinem gutaussehenden Gesicht kann ich sogar ein kleines Lächeln erkennen. „Warum sollte sie das tun?“

„Weil ich etwas getan habe, was ich mich sonst nie traue“, sage ich, überrascht von meiner Geistesgegenwart.

„Und das wäre?“ Er beugt sich erwartungsvoll vor.

„Nun, sie ... also ... Die Abmachung lautet, dass ich ...“ Wunderbar, dieser Augenblick voller originellem Schalk war wirklich kurz. Das hätte ich wissen müssen. Ich schließe die Augen, als ich fortfahre. „Sie meinte, ich müsse das nächste Mal, wenn ich einen Mann sehe, der mir gefällt, hingehen und Hallo sagen."

*Oh, mein Gott.* Jetzt, da ich es laut ausspreche, klingt es unglaublich dumm. Er muss mich für eine Idiotin halten! Noch dazu eine, die zwölf Jahre alt ist. Ich klinge so unreif.

Stattdessen höre ich ihn lachen und öffne abrupt die Augen.

„Einen Mann, der Ihnen gefällt, hm?" Er schüttelt den Kopf, ein Grinsen auf den Lippen, das ihn so viel jünger wirken lässt.

Er sieht mich immer noch lächelnd an. Seine ganze Art ist so anders, so entspannt verglichen mit der vor einigen Minuten.

„Das ist sehr schmeichelhaft", sagt er. „Also bedeutet das, dass ich ein ‚Mann bin, der Ihnen gefällt'?"

Ich werde rot. „Äh, ja."

Eine tolle Art, die verlorene Würde wiederzugewinnen.

„Nun, dann gratuliere ich zu der gewonnenen kleinen Wette mit Ihrer Freundin", fügt er hinzu.

„Aber ich bin neugierig: Was soll als nächstes passieren? Ihre Abmachung drehte sich nur darum, Hallo zu sagen oder?“

Ich nicke. „Ja, das haben wir etwas vage gehalten.“

„Also würden Sie, wenn Sie jetzt zu ihr zurückgehen würden, ohne eine echte Unterhaltung mit mir zu führen oder meine Telefonnummer zu bekommen, dennoch die Abmachung gewinnen?“

„Ich schätze schon“, antworte ich entmutigt.

„Ist das der Grund, weshalb Sie versucht haben, sofort wegzulaufen, nachdem Sie mir in die Arme gefallen sind?“

Ich zögere einen Augenblick, da ich unsicher bin, wohin diese Unterhaltung führt. Flirtet er mit mir oder versucht er, mich loszuwerden?

„Sie haben nicht gerade den Eindruck vermittelt, mit mir sprechen zu wollen“, bemühe ich mich zu erklären. „Und ich fand, ich habe nicht gerade einen guten ersten Eindruck hinterlassen.“

„Nun ...“ Seine Stimme klingt heiser. „Dann sollten wir wohl noch mal von vorne anfangen.“

Ich sehe fragend zu ihm auf.

„Ich bin Joe Mars", sagt er und reicht mir die Hand, damit ich sie schütteln kann. „Die meisten Leute nennen mich Mars."

„Der Gott des Krieges." Ich ergreife seine Hand. Diesmal packt er weitaus sanfter zu als das erste Mal.

„Ich heiße Nike Halsted. Und die meisten Menschen nennen mich … Nike."

„Die Göttin des Sieges", sagt er und grinst mich an. „Sehr schön, Sie kennenzulernen."

# KAPITEL 9

## *Mars*

Sie hat keinen Schimmer, absolut keine Ahnung. Das, wovon ich dachte, es wäre ein ausgeklügeltes Schauspiel, um mich zu verwirren, mich abzulenken, während ihre Freundin die Polizei ruft, hat sich als vollkommene Unwissenheit ihrerseits herausgestellt.

Sie hat keine Ahnung, wer ich bin. Ich bin einfach ein Mann, den sie mag. Sie will nur mit mir flirten.

*Dummes kleines Mädchen.*

Was für ein köstlicher Zufall. Dieses niedliche kleine Lamm hat keine Ahnung, mit wem sie gerade versucht zu schäkern.

Zumindest ist es das, was sie mich gerade äußerst überzeugend glauben lässt. Ich bin mir immer noch nicht zu hundert Prozent sicher. Vielleicht ist es eine Berufskrankheit, aber Vertrauen ist unmöglich für mich. Ich vertraue weder den Worten noch den Taten einer Person, sondern höre auf meine Instinkte, und die sagen mir, dass sie genauso unwissend ist, wie sie sich verhält.

Ich habe ihre Freundin im Auge behalten, während ich mit Nike gesprochen habe, um sicherzugehen, dass sie nirgends hingeht oder nach ihrem Handy greift. Sie hat beides nicht getan hat. Meist hat sie nur zu uns rüber gesehen, während sie abwesend mit einem anderen Mann spricht, der neben ihr aufgetaucht ist, nachdem die Frau mit der Löwenmähne zu mir herüber gekommen ist. Sie versucht, unauffällig zu wirken, aber so etwas entgeht mir nicht. Ich weiß, wenn ich beobachtet werde. Ich *muss* solche Dinge wissen.

Als ich anfange, zu glauben, dass diese Frau, Nike, andere Gründe hatte, sich mir zu nähern, als mir mit der Polizei zu drohen, bildet sich ein Plan in meinem Kopf. Eine Fortsetzung dieser verqueren Idee, die ich gehabt hatte, als ich sie heute Abend das erste Mal entdeckt habe.

Ich könnte sie vögeln. Sie will mich, wäre offen dafür. So, wie sie mit zitternden Händen und den dunklen weit aufgerissenen Augen, in denen Sehnsucht und Angst zu sehen sind, vor mir steht, weiß ich das.

Immerhin bin ich ein Mann, der ihr gefällt. Sie fühlt sich zu mir hingezogen.

Es ist fast zu einfach.

Sie ist so zart, so wunderbar nichtsahnend. Ihre Unschuld macht mich wahnsinnig vor Lust. Es ist viel zu lang her, seit ich eine Frau so sehr gewollt habe wie sie in diesem Moment. Die Tatsache, dass sie meine einzige lebende Zeugin ist, erhöht nur die Anziehungskraft, die sie auf mich hat. Sie mag verdammt unschuldig aussehen und sich auch so verhalten, aber sie besitzt eine gewisse Gefährlichkeit.

Das ist so verflucht köstlich.

Wenn es nach mir ginge, würde ich sie an dieser Masse von Haar packen, ihren Kopf zurückneigen und mir einen Vorgeschmack von diesen süßen Lippen holen. Sie trägt Lippenstift, der zu dunkel für ihren Hautton ist, und ich bin mir ziemlich sicher, dass sie ihn heute das erste Mal trägt. Er wirkt falsch an ihr.

Ich würde ihn gerne wild über ihr bleiches Gesicht verschmiert sehen.

Sie spricht mit mir, plappert nervös irgendeinen niedlichen Unsinn, aber ich höre kaum zu, sondern nicke und lächle nur an den richtigen Stellen.

In meiner Vorstellung durchlaufe ich alle möglichen Arten von Szenarien, die es mir möglich machen würden, sie heute Nacht zu bekommen.

Sie zu nehmen und dann auszuschalten.

Obwohl es mir ihre Hingezogenheit leicht macht, sie in meine Nähe zu bekommen und sie an einen abgeschiedenen Ort zu bringen, kann ich nicht riskieren, dass jemand uns beide zusammen gehen sieht.

Wenn ich das durchziehe, wird sie am Morgen tot sein, frisch gevögelt, und mein Gesicht wäre das Letzte, das sie sehen würde, bevor sie ihre Augen für immer schloss. Das wäre ideal.

Ideal, wenn die Umstände andere wären. Schon jetzt haben zu viele Leute uns miteinander reden sehen. Und selbst wenn die nicht wären, weiß ihre Freundin, dass sie mit mir gesprochen hat. Alle hier kennen meinen Namen dank dieser verdammten Dankesrede.

*Ich bin am Arsch.*

Ich bemerke, dass ihre Stimme am Ende ihres letzten Satzes höher wird, was mir sagt, dass sie mir eine Frage gestellt hat. So, wie sie zu mir aufsieht, verstärkt sich dieser Eindruck.

„Wie bitte?“ Ich versuche, nicht so zu klingen, als ob ich überhaupt keine Ahnung hätte, wovon sie gesprochen hat.

„Wie wär’s mit noch einem Drink?“, wiederholt sie ihre Frage. „Ich hole mir einen Mimosa. Wollen Sie auch noch einen?“

Ich schüttle den Kopf. „Keinen Mimosa für mich.“

Sie hebt fragend die Augenbraue und wirft einen schnellen Blick zu dem fast leeren Glas in meinen Händen. „Sicher?“

„Definitiv“, erwidere ich. „Aber lassen Sie mich Ihnen einen holen.“

Sie will mir widersprechen, aber bevor sie das kann, drehe ich mich um und gehe zur Bar. Ich werde eine Frau nicht losschicken, sich ihren eigenen Drink zu holen. Was für ein Verhalten wäre das denn? Killer oder nicht – ich weiß, was von einem Gentleman erwartet wird.

Ich hole ihr einen Mimosa und für mich selbst ein Glas Wasser.

„Ich hatte für heute Abend schon genug“, sage ich entschuldigend, als ich zurückkomme und ihr ihren Drink reiche. Es ist immer besser, zu sagen, man hätte schon genug, statt den Leuten zu eröffnen, dass ich nicht trinke. Nichttrinker sind suspekt.

Sie wirft mir einen unsicheren Blick zu, als sie das Glas aus meiner Hand nimmt, sagt aber nichts dazu. Wir stoßen an, obwohl ich einfaches Wasser habe.

Ich weiß nicht, was ich tun soll. Sie fesselt mich. Ich dachte, ich würde auf keinen Fall die Frau finden, die meinen letzten Mord miterlebt hat, und jetzt steht sie direkt vor mir und versucht ungelenk mit mir zu flirten – und dazu sieht sie noch schrecklich bezaubernd aus, während sie es tut. Je länger sie in meiner Nähe ist, desto mehr will ich sie. Ich muss mich bereits jetzt schon zusammenreißen, um sie nicht an mich zu ziehen und sie mit einem Kuss für mich zu beanspruchen, der sie zum Beben und noch mehr zum Erröten bringen würde.

Ich habe meine letzte und als einzige noch lebendige Zeugin gefunden, sie ist in meiner Reichweite und es wäre so einfach, sie auszuschalten.

Und gleichzeitig wäre es das nicht.

Was für ein verficktes Dilemma.

Normalerweise bin ich niemand, der Entscheidungen aufschiebt, aber diesmal muss ich es wohl tun. Ich kann nicht sofort entscheiden, was ich mit ihr tun soll. Aber ich weiß, dass ich mir einen Vorgeschmack von ihr genehmigen will. Es ist ein gefährliches Spiel, aber eines, das ich bereit bin zu spielen. Wenn sie mich noch nicht erkannt hat, stehen die Chancen gut, dass sie es nie tun wird, obwohl ich mir dessen nicht hundert Prozent sicher sein kann.

Egal, an ihr ist etwas, das mich seltsamerweise anzieht. Ich erkenne an der Art, wie sie steht und sich bewegt, dass sie allgemein eine schüchterne und unsichere Person ist. Sie hat etwas Verletzliches an sich, das sich mit einer kalten und kaum sichtbaren Stärke mischt. Sie ist nicht schwach, aber sie sprudelt auch nicht über vor Energie und Leben wie ihre Freundin.

Sie ist die Art von Frau, die allein in einer dunklen und schäbigen Gegend mitten in der Nacht auf einem Dach sitzt.

„Sie sagten, Sie arbeiten für Linwood Publishing?“, frage ich.

Es ist mehr eine Feststellung als eine Frage, aber sie nickt rasch.

„Ja, ich bin Lektorin."

„Lektorin", wiederhole ich. „Was macht man da?"

„Ich poliere Geschichten auf", sagt sie. In ihrer Stimme schwingt deutlicher Stolz mit. Das ist niedlich. Ich wette, sie hat diese Antwort schon vor langer Zeit vorbereitet.

Sie strahlt zu mir auf, und es ist das erste Mal, dass ich sie lächeln sehe. Es durchsticht meine ledernen Schutzwände wie ein heißer Dolch. Ich lasse es mir nicht anmerken, aber ihr Lächeln führt dazu, dass meine Brust sich verengt. Auf einmal scheint mein Brustkorb zu klein zu sein für das wild schlagende Herz darin.

„Ich stelle sicher, dass eine Geschichte – oder ein Buch – die bestmögliche Version ist, bevor das Publikum es zu Gesicht bekommt", fügt sie hinzu und beendet ihre Erklärung mit einem Schluck von ihrem Mimosa.

„Aber Sie erschaffen nicht selbst Geschichten", versuche ich sie aufzuziehen, vor allem, um dieses entwaffnende Lächeln von ihren Lippen zu bekommen. „Sie nehmen nur das Feintuning an der kreativen Arbeit eines anderen vor."

Eine Sekunde lang ist sie verblüfft. Das Lächeln verschwindet, aber nur für einen Moment, bevor sie den Kopf neigt und mich mit einem vollkommen anderen Lächeln als zuvor anblickt. Darin liegt eine herablassende Note.

Ich hasse es, verflucht.

„Ich glaube an Arbeitsteilung", erklärt sie. „Es gibt gewisse Dinge, in denen ich besser bin als andere Leute – und umgekehrt. Ich bin keine Geschichtenerzählerin, aber ich kann sie auf eine Weise zum Glänzen bringen, wie es der Autor nicht schafft."

Ihre Selbstsicherheit verblüfft mich. Hier dachte ich, sie wäre ein verwundbares Lämmchen, einfach zu verunsichern durch ein wenig Spott, und sie nutzt es als Gelegenheit, um anzugeben.

Ich nicke ihr anerkennend zu.

„Klug", bemerke ich. „Und sehr pragmatisch."

„Ist das etwas Gutes oder Schlechtes?", fragt sie.

Ihre Frage überrascht mich, genauso wie die Art, wie sie jetzt zu mir emporblickt. Sie neigt den Kopf wieder zur Seite und sieht aus diesen großen, dunklen Augen zu mir hoch.

Ihr Blick ist so intensiv, so wach. Wie kann sie nicht erkennen, wer ich bin? Vielleicht spielt sie mir wirklich etwas vor.

Egal was, ich muss vorsichtig mit ihr sein. Ich weiß, dass ich sie nicht einfach so davonkommen lassen darf, aber sie zu nah an mich heranzulassen birgt eine ganz eigene Gefahr.

„Meist etwas Gutes", sage ich, ohne es zu sehr wie ein Kompliment klingen zu lassen.

Ein schüchternes Lächeln huscht über ihr Gesicht. Sie sieht mich mit bebenden Lippen an und nippt wieder an ihrem Drink. Sie hat gleich ein weiteres Glas geleert und muss, verglichen mit mir, eine gute Trinkerin sein. Ihre Wangen sind gerötet, genau wie die helle Haut ihres zarten Dekolletés. Bald wird sie herumstolpern wie ein neugeborenes Rehkitz, wenn sie nicht aufpasst. Ich muss mich entscheiden, welchen Drink ich ihr als Nächstes anbiete, wenn dieser hier getrunken ist – Wasser oder Kaffee, damit sie den Kopf frei bekommt, oder einen weiteren alkoholischen Drink?

Wenn ich sie heute Abend flachlege, will ich nicht, dass sie zu betrunken ist. Nekrophilie ist nicht mein Ding.

Allerdings hängt alles davon ab, was ich versuche, heute Abend von ihr zu bekommen. Kinder und Betrunkene sind am ehrlichsten, wird stets behauptet. Eine betrunkene Frau könnte reden und das preisgeben, was auch immer sie vor mir versteckt hält.

Aber warum sollte sie sich betrinken und mit mir nach Hause gehen, wenn sie wüsste, wer ich bin?

Meine Unfähigkeit, mich zu entscheiden, macht mich unglaublich sauer. Sie hat mir ihren Namen und ihre Arbeitsstelle genannt, also sollte es nicht schwer sein, sie wieder zu finden, selbst wenn ich sie jetzt nicht erobere – entweder, um sie zum Reden zu bringen oder sie flachzulegen.

Sie sieht zu mir hoch und ihre Lippen sind leicht geteilt, als ob sie kurz davor wäre zu sprechen. Ihr scheint eine Frage auf der Zunge zu brennen, die zu stellen sie noch nicht wagt.

„Alles okay?“, will ich wissen, in der Hoffnung, dass dieser kleine Anstoß es ihr leichter macht zu sprechen.

Sie nickt und schluckt schwer.

„Ja, also … ich habe mich nur gefragt …“ Sie runzelt die Stirn, als ob sie sich über sich selbst ärgert. „Was genau tun Sie eigentlich?“

„Ich bin Börsenmakler“, gebe ich ihr meine sorgfältig geübte Antwort. „Ich recherchiere Informationen über den Finanzmarkt und helfe anderen dabei, den besten Ertrag aus ihrem Geld zu holen. So, wie ich es getan habe.“

„Wie sind Sie da gelandet?“, fragt sie und sieht mich wie ein neugieriges Kind an.

Das ist eine unbequeme Frage, auf die ich zwar vorbereitet bin, von der ich aber dennoch hoffe, dass nicht viele Menschen sie mir stellen.

Die Wahrheit?

Ich habe viel Geld damit verdient, jahrelang für die Mafia zu töten, und statt mein Einkommen an Drogen und Frauen zu verschwenden, wie viele andere in meinem Berufszweig, habe ich es klug angelegt. Ich habe so viel wie möglich gespart und mich weitergebildet. Es ist leicht, die notwendigen Informationen einzuholen, um auf dem Aktienmarkt erfolgreich zu sein – man muss nur wissen, wie man sie passend einsetzt.

Das Töten und das Sparen haben es mir erlaubt, mit einer großen Menge Startkapital zu beginnen.

Aber das ist natürlich keine Geschichte, die ich bereit bin zu teilen.

„Ich habe mein kleines Startkapital sorgfältig investiert“, lüge ich. „Es hat etwas gedauert, aber wenn man den Markt gut beobachtet, den Kopf nicht verliert und übereilte Entscheidungen trifft, kann man es schaffen.“

„Mhm“, sagt sie und blickt träumerisch hinab in ihr leeres Glas.

Sie beginnt zu wanken. Es ist kaum sichtbar, aber ihr Stand hat etwas an Stabilität verloren, und ich merke, dass sie sich bemüht, es sich nicht anmerken zu lassen.

Ich sehe zu ihrer Freundin. Die Schwarzhaarige achtet nicht länger auf uns, sondern ist vollkommen auf eine Unterhaltung mit einem anderen Mann konzentriert, der über ihr aufragt und sie besitzergreifend von den anderen in ihrer direkten Umgebung abschirmt.

Ich weiß, dass sie darüber informiert werden will, was auch immer heute Abend passiert. Noch ein weiterer Grund für mich, vorsichtig zu sein.

„Ich denke, Sie könnten ein wenig frische Luft gebrauchen", schlage ich vor.

Sie hebt den Kopf und ihre Wangen röten sich noch mehr als zuvor.

„Möchten Sie mit mir hinausgehen?", frage ich, und sie zögert keine Sekunde lang, bevor sie nickt.

# Kapitel 10

*Nike*

Mein Kopf dreht sich. Das ist der Alkohol, sicherlich, aber auch die Tatsache, dass dieser Mann offensichtlich Interesse an mir hat. Dieser unglaublich gut aussehende, wohlhabende Mann!

*Er steht so weit über mir! Wieso merkt er das nicht?*

Als ich zurück zu Amanda und ihrem Boss wanke, um sie wissen zu lassen, dass er mich gerade gebeten hat, mit ihm nach draußen zu gehen, wirft sie mir das breiteste Grinsen zu, das ich jemals auf ihrem Gesicht gesehen habe.

„Weiter so, Mädel!“, feuert sie mich an, glücklicherweise in einem Flüstern, das niemand außer mir hört. „Geh mit ihm mit! Ich wusste, du hast nur einen kleinen Schubser in die richtige Richtung gebraucht!“

Ich zögere und werfe einen schnellen Blick über meine Schulter. Er beobachtet mich von weitem, sein Gesicht unlesbar.

„Wir schnappen nur etwas frische Luft“, sage ich und drehe mich wieder zu Amanda. Selbst ich glaube das nicht, und ich mache ihr und Boss keinen Vorwurf, dass sie einen vielsagenden Blick wechseln.

„Schreib mir eine Nachricht, wenn du nicht nach Hause kommen solltest“, sagt sie und zwinkert mir zu. „Nur, damit ich mir keine Sorgen machen muss.“

„Ja, Mama“, witzle ich und strecke ihr die Zunge raus, bevor ich mich umdrehe und zu ihm zurückgehe.

Joe Mars.

Er steht dort, wo ich ihn zurückgelassen habe, groß, dunkel, die Beine leicht gespreizt, die Hände in die Taschen seiner Anzughose gesteckt und die breiten Schultern zurückgedrückt. Ein leichtes Lächeln taucht auf seinem Gesicht auf, als ich wieder bei ihm bin. Er legt die Hand auf meinen unteren Rücken und schiebt mich sanft in Richtung des Ausgangs der Veranstaltung.

Als wir den Aufzug erreichen, drückt er auf den Knopf nach oben statt nach unten. Ich sehe überrascht zu ihm auf.

„Ich dachte, wir gehen nach draußen?“, frage ich und umarme meine Clutch fester, als würde ich versuchen mich vor ihm zu beschützen.

Er zwinkert mir zu. „Tun wir auch. Ich bevorzuge nur den Blick von hier oben.“

„Es gibt eine Terrasse auf dem Dach?“

„Ich weiß es nicht“, sagt er und zuckt mit den Achseln. „Wir werden es selbst herausfinden müssen. Ich steh einfach auf Dächer.“

Ich zucke bei seinen Worten zusammen und versuche den kalten Schauder zu unterdrücken, der mich erfasst.

Natürlich bemerkt er es.

„Sie nicht?“, erkundigt er sich.

Ich schüttle den Kopf. „Nicht besonders.“

Das ist eine riesige Lüge. Dächer waren schon immer mein Zufluchtsort. Allein dort fühlte ich mich wohl.

Bis zu jener Nacht …

„Sie wirken beunruhigt“, bemerkte er.

Ich schüttle den Kopf. „Es könnte ein wenig kalt sein.“

Er ignoriert meine Worte. „Wir werden nicht lang bleiben. Nur lang genug, um den Kopf etwas frei zu bekommen. Ich glaube, eine frische Brise würde Ihnen gut tun.“

Er wirft mir einen Blick von der Seite zu, der irgendwie gefährlich und bedrohlich wirkt. Der Aufzug bewegt sich weiter, und ich bin fast überrascht, dass er keine Anstalten macht, mir näher zu kommen. Mich packt. Mich küsst. Ist es nicht das, was in den Filmen geschieht, wenn der Mann die Frau in die Ungestörtheit und Enge eines Aufzugs gelockt hat?

Aber scheinbar ist er ein Gentleman. Er hält Abstand, obwohl ich mir sicher bin, dass er die Spannung zwischen uns genauso spüren kann wie ich. Das muss er. Sie ist unleugbar.

Ich bin fast enttäuscht, als sich die Tür öffnet und ein leerer Flur vor mir enthüllt wird. Er deutet, ich solle vor ihm aussteigen.

„Und jetzt?“, frage ich, wobei ich ein wenig zickiger klinge als geplant.

„Jetzt finden wir eine Möglichkeit, aufs Dach zu kommen“, sagt er und tritt hinter mir aus dem Aufzug.

Er sieht sich im Flur um, aber da gibt es nicht viel zu entdecken. Es ist einfach ein langer Gang, an den sich einige Türen anschließen, von denen alle genau gleich aussehen. Der Flur ist in einem hellen Grau gestrichen und von grellen und wenig schmeichelhaften Lampen erleuchtet.

„Ich glaube nicht, dass wir hier oben sein sollten“, flüstere ich.

Er nickt. „Vermutlich nicht.“

Ich erwarte, dass er sich wieder dem Aufzug zuwendet, um uns wieder hinunter zu bringen und auf die Straße zu führen, wie ich es ursprünglich gedacht hatte, aber stattdessen nimmt er meine Hand und führt mich über den Korridor.

„Was haben Sie ...“

„Ich mag es, an Orten zu sein, an denen ich nicht sein sollte“, sagt er. Seine Stimme hat sich verändert. Er klingt jetzt mehr wie ein aufgeregter Junge als der mürrische Mann, der er zuvor war.

„Ich sagte, ich will aufs Dach“, fügt er hinzu. „Also machen wir das auch.“

„Aber wie?“, frage ich, während er mich den Flur entlang zieht.

Er überprüft jede Tür, an der wir vorbei kommen, aber ich weiß nicht, wonach er sucht. Sie sehen alle gleich aus und scheinen verschlossen zu sein. Er probiert ein paar von ihnen aus und sieht sich die Schlösser an, aber keine davon öffnet sich.

„Ah!“, ruft er aus, als wir eine der letzten Türen auf der rechten Seite erreichen. Er hockt sich vor den Türgriff und betrachtet das Schloss genauer, während ich verwirrt neben ihm stehe.

Er sieht zu mir auf und wirft mir ein schelmisches Grinsen zu. „Erzählen Sie keinem hiervon“, sagt er. „Das hier wird unser kleines Geheimnis.“

„Äh“, murmle ich, unsicher, was vor sich geht.

„Können Sie ein Geheimnis behalten?“, fragt er, und sein Blick wird dunkler. Er wirkt einschüchternd, und ich weiß nicht, ob er versucht, mich zu erschrecken, oder ob er einfach nur Witze macht.

Egal was es ist, es macht mich an.

„Klar“, sage ich und versuche, cool zu klingen.

„Sehen Sie weg“, befiehlt er.

„Was? Aber w...“

„Schauen Sie weg“, wiederholt er und starrt mich an. „Das ist für Ihre eigene Sicherheit. Wenn Sie nichts gesehen haben, wissen Sie von nichts. So einfach ist das."

Ich runzle die Stirn, gehorche ihm aber. „Was tun Sie?", frage ich, sobald ich ihm den Rücken zugewandt habe.

„Was glauben Sie denn, dass ich tue?", erwidert er. Ich höre, wie er am Schloss herumhantiert.

„Etwas, das Sie nicht tun sollten", rate ich. „Vermutlich brechen Sie gerade eine Tür auf."

„Ich breche gar nichts auf. Ich öffne eine Tür. Aber Sie haben recht, ich sollte das nicht tun."

„Woher wissen Sie, dass die hier aufs Dach hinaus führt? Es könnte einfach ein Lagerraum oder ... sonst was sein."

„Ich weiß es nicht", gibt er zu. „Aber ich habe die starke Vermutung, dass ich richtig liege."

Ich höre ein Klicken und drehe mich gerade rechtzeitig um, um zu sehen, wie er wieder aufsteht. Eine kühle Brise begrüßt uns, als er die Tür langsam öffnet.

„Dachte ich mir doch", sagt er triumphierend und deutet mir, nach draußen zu gehen.

Ich schlucke und zögere einen Augenblick. Plötzliche und unerklärliche Angst erfasst mich, als ich das Dach vor mir sehe.

Es ist ein anderes Dach. Ein anderes Gebäude. Eine andere Gegend. Alles ist anders abgesehen von der Tatsache, dass es Nacht ist und ich hoch über der Stadt stehe, als ich hinaustrete.

Und doch fühlt sich etwas unglaublich unangenehm an.

Liegt es an ihm?

Ich drehe mich um und sehe ihn dicht hinter mir stehen. Die schwere Tür schließt sich mit einem lauten Klicken und erinnert mich daran, dass er nur ein paar Sekunden am Schloss zugange war, bevor er sie hatte öffnen können.

„Wo haben Sie das gelernt?“, frage ich.

Er lächelt mich an. „Bei den Pfadfindern.“

Ich runzle die Stirn und werfe ihm einen skeptischen Blick zu.

Er lacht, tritt vor und legt eine Hand auf meine Schulter, um mich voran zu führen. „Machen Sie sich deshalb keine Sorgen“, flüstert er. „Lassen Sie uns etwas frische Luft schnappen und die Aussicht genießen.“

Wir gehen zum Rand des Daches. Es ist zur Sicherheit von einer hohen Balustrade umgeben, die mir fast bis zur Brust reicht.

Dennoch kann ich die Regung nicht abschütteln, dass etwas verquer ist, sich falsch anfühlt. Ich habe das Gefühl, dass ich in Gefahr bin, was ich einfach erklären könnte, wenn ich nicht diese besondere Affinität zu Dächern hätte. Trotz der Höhe und der ziemlich riskanten Schritte, die ich bereit bin zu tun, um dorthin zu gelangen, wo ich hin will, habe ich mich doch immer in Sicherheit gewogen und nicht gedacht, dass ich mein Leben in Gefahr bringe.

Dächer sind meine sichere Zone.

Warum also habe ich dieses Gefühl?

Wir halten vor der Balustrade. Ich stütze die Ellbogen darauf und atme tief ein, während ich die unglaubliche Aussicht bestaune, die sich vor mir erstreckt.

Er bleibt neben mir stehen und tut das Gleiche – und ich sehe ihn von der Seite aus an.

Es liegt an ihm. Seine Gegenwart ist es, die meine Behaglichkeit zerstört. Aber wie kann das sein?

Weil er ein Fremder ist? Ich traue Fremden nicht.

Aber es gibt keinen Grund, ihm nicht zu vertrauen. Er ist ein Spender der Stiftung. Ein toll aussehender, reicher Mann, der an einer Veranstaltung für einen guten Zweck teilgenommen hat. Warum sollte ich mich vor jemandem wie ihm fürchten?

Er dreht sich zu mir und unsere Blicke treffen sich den Bruchteil einer Sekunde lang, bevor ich mich abwende und meine Aufmerksamkeit wieder der Stadt unter uns widme.

„Schön, nicht wahr?“, bemerkt er.

Ich nicke. „Ja.“

Seine Augen ruhen auf mir, während ich geradeaus starre und die Nervosität zu verbergen versuche, die sein Blick in mir wach ruft.

„Warum sind Sie so angespannt?“, fragt er. Seine Stimme ist so tief und ruhig wie immer. „Mache ich Sie nervös?“

„Das ist tatsächlich der Fall“, gebe ich zu.

„Das tut mir leid. Aber Sie waren diejenige, die mich angesprochen hat, denken Sie dran.“

„Ja.“

„Weil es eine Wette zu gewinnen galt.“

„Mhm.“

„Und jetzt?“

Ich drehe mich um und sehe zu ihm auf. Er lächelt, und in diesem Lächeln liegt etwas Heimtückisches.

„Gibt es irgendwelche dunklen Geheimnisse, die Sie mit mir teilen wollen?“, fragt er.

Das irritiert mich. Er sieht mich an, als ob er es weiß. Als ob er weiß, dass es etwas gibt, das ich niemandem erzählen konnte. In der Tat, ein dunkles Geheimnis.

Ein paar Sekunden lang frage ich mich, ob er vielleicht für die Polizei arbeitet. Ich weiß nicht, wie das überhaupt möglich wäre, aber was, wenn er eine Art Geheimagent wäre? Oder ein Detektiv?

Ich kichere. Wie lächerlich.

„Was ist so witzig?“ Er sieht mich stirnrunzelnd an.

„Es tut mir leid“, erwidere ich. „Ich bin einfach nur ein wenig paranoid.“

„Paranoid?“ Er hebt die Augenbrauen und beugt sich zu mir, stützt sich mit den Ellbogen an der Balustrade ab und schenkt mir all seine Aufmerksamkeit. „Was gibt es, dass Sie paranoid machen würde?“

Oh, Mann, warum habe ich dieses Wort benutzen müssen?

„Nichts.“ Ich schüttle den Kopf.

„Sie sind echt seltsam“, sagt er und berührt meinen Arm, als er mir näher kommt. Ich fühle seine Wärme, die von den starken Muskeln seines Bizeps meinen Oberarm hinauf strahlt.

Auf einmal ist er mir sehr nah. Ich kann fast seinen Atem auf meinem Gesicht spüren, als er sich vorbeugt und versucht, meinen Blick mit seinem einzufangen.

„Sehen Sie mich an“, befiehlt er, als ich versuche, mich ihm zu entziehen. Ich gehorche und hebe den Blick zu seinem dunklen, haselnussbraunen.

„Warum habe ich das Gefühl, dass Sie etwas vor mir verbergen?“, fragt er.

„Weil es so ist“, flüstere ich.

Seine Augenbrauen heben sich überrascht. „Wirklich?“

„Natürlich“, erwidere ich. „Wir haben uns gerade erst kennengelernt, Mr. Mars. Es gab noch nicht viel Zeit, Ihnen viel über mich zu erzählen ...“

„Das meine ich nicht“, fällt er mir ins Wort. „Ich glaube, Sie verbergen etwas. Nicht nur vor mir. Und das hat nichts damit zu tun, dass wir einander nicht kennen.“

Ich versuche, es mir nicht anmerken zu lassen, aber seine Worte machen mir Angst. Unsere Blicke sind immer noch miteinander verbunden und seiner scheint direkt durch mich hindurch zu sehen. Ich habe das Gefühl, er könne meine Gedanken lesen.

Ich versuche, mich dem zu entziehen, und will den Kopf abwenden, aber er erlaubt es nicht. Seine Hand liegt an meinem Kinn und er hält es mit Daumen und Zeigefinger fest, wodurch er mich zwingt, meine Aufmerksamkeit wieder auf ihn zu lenken.

Warum tut er das? Dieser gut aussehende Mann sieht mich an, als ob ich die interessanteste und faszinierendste Person bin, die er jemals gesehen hat. Sein Interesse an mir verwirrt mich fast genauso wie es mir schmeichelt.

Ich denke überhaupt nicht daran zu widerstehen, als er mich mit einem Kuss erobert.

# Kapitel 11

*Mars*

Ich kann die Süße der Drinks, die sie getrunken hat, auf ihren Lippen schmecken. Ein schwaches kleines Stöhnen entflieht ihrem zierlichen Körper, als ich sie erobere.

Sie schmilzt so bereitwillig in meinen Armen und lässt alle Zurückhaltung schneller fahren, als eine nüchterne Person es tun würde. Ich weiß, dass es hauptsächlich der Alkohol ist, der sie von einem einfachen Kuss so überwältigt sein lässt, aber es macht mich dennoch so an wie ein verdammtes Aphrodisiakum.

Ich erlaube mir eine vorsichtige Kostprobe von ihren weichen Lippen und halte mich zurück, bevor sie auf mich reagieren kann. Als sie aufstöhnt und unter meiner Berührung dahinschmilzt, als ob sie ihr ganzes Leben darauf gewartet hätte, dass ich sie nehme, kann ich nicht anders als ihr zu zeigen, was ich wirklich will.

Ich verteile keine Schmatzer und Kuscheleinheiten. Wenn ich sie nehme, tue ich es auf meine Art.

Ich richte mich auf, lege einen Arm um ihren zarten Rücken und ziehe sie näher heran, während ich die andere Hand in ihrem unglaublichen Haar vergrabe. Sie ist so zögerlich und scheu, unschuldig und widerstrebend.

Ich werde sie bei lebendigem Leib auffressen.

Und dann werde ich sie zum Reden bringen.

Erst wenn sie berauscht ist vor lauter Lust und Trunkenheit, wird sie reden. Ich muss sie dazu bringen, in den Zustand, an dem ein Mensch am verletzlichsten und ehrlichsten ist. Wenn sie keinen Schutz mehr hat und ihre Vorsicht fahren lässt. Falls sie dann nicht redet, kann ich mir sicher sein, dass sie es nie tun wird.

Scheinbar hat sie mit niemandem über das gesprochen, was sie auf jenem Dach gesehen hat, vielleicht nicht mal mit ihrer engen Freundin. Wenn das stimmt, muss ich ihre Gründe kennen. Ich muss der Einzige werden, dem sie es jemals erzählen würde.

Dann werde ich entscheiden, was ich mit ihr tue.

Ich verdammt dummer Mann.

Schon jetzt spüre ich, wie ihr göttlicher Geschmack mich überwältigt. Ihre Lippen sind voller hungriger Verzweiflung an meine gepresst und mit jedem Augenblick, in dem unsere Zungen ihren ekstatischen Tanz fortsetzen, merke ich, wie mein Puls schneller wird.

Ein weiteres Stöhnen ihrerseits reißt mich zurück in die Realität und ich schiebe sie von mir. Sie keucht schwer und starrt mit rosigen Wangen und geweiteten Augen zu mir hinauf. Ein Anflug von Schock liegt in ihrem Blick, aber vor allem erkenne ich dort Verlangen. Das köstliche Bedürfnis nach mehr.

Ich habe noch nie eine Frau wie ein Gentleman verführt. Wenn man mit der Mafia arbeitet, hat man genügend Möglichkeiten, an leichte Mädchen ranzukommen, die sich nicht darum kümmern, gut behandelt zu werden – sie sind nur an monetärer Kompensation und einem Stückchen Luxus interessiert, an die sie sonst nicht herankommen würden.

Sie mochten, wer ich bei ihnen war. Grob, brutal und ein Bad Boy, der sich aus nichts und niemandem etwas machte.

Mit ihr ist es anders. Bei ihr muss ich meinen Namen, im Grunde mein Leben beschützen.

„Es tut mir leid“, knurre ich in der Annahme, dass das etwas ist, was eine Frau wie sie nach so einem Überfall zu hören erwarten würde.

Natürlich tut es mir nicht leid. Sie gehört in mein verdammtes Bett, kurz vor der Bewusstlosigkeit, trunken vor Lust und einem falschen Gefühl der Sicherheit.

„Jetzt sind wir wohl quitt“, sagt sie und wirft mir ein suggestives Lächeln zu.

Ich balle die Faust im Haar an ihrem Hinterkopf und ziehe daran. „Was soll das bedeuten?“

Ich kann das Animalische in mir nicht verbergen. Aber sie scheint es zu genießen.

„Ich habe einen ungeschickten ersten Schritt auf dich zu gemacht“, flüstert sie und wechselt in die vertrautere Anrede. „Und du hast dir genommen, was ich angeboten habe.“

Ich weiß nicht, was sie damit versucht zu sagen, und entschließe mich, ihr kleines Geplänkel zu ignorieren. Es wird spät und die Sache muss weitergehen.

„War das genug frische Luft für dich?“, will ich wissen.

Sie nickt. „Ich denke schon.“

„Wäre es sehr unprofessionell von dir, wenn du mit einem der Spender nach Hause gehen würdest?“

Natürlich ist mir das vollkommen egal, aber ich weiß, dass es ihr wichtig ist.

Sie zögert einen Augenblick, in dem ich die verlegenen Fragen förmlich sehen kann, die ihr durch den Kopf huschen, aber dann setzt sie ein kleines sexy Lächeln auf. „Nicht, wenn es niemand mitbekommt.“

Sie versucht, kokett zu wirken, strahlt aber eine unleugbare Unsicherheit aus.

„Wäre es in Ordnung, wenn ich ein Taxi für uns rufen würde?“, frage ich und versuche, der Gentleman zu sein, der ich für sie sein muss, um sie zu überzeugen.

Es kostet mich einiges, mich in diese Person zu verwandeln. Den Netten. Den Vorsichtigen. Ich hasse es, aber ich verstehe die Notwendigkeit dafür. Die Jahre, während denen ich mit den bösen Jungs gespielt habe, haben es mir schwer gemacht, mich wie die liebenswürdige Person zu verhalten, die ich in diesem neuen Leben sein muss.

Aber ich weiß, dass ich es in mir habe. Ich kann der gute Kerl sein, wenn es nötig ist.

Sie schluckt, immer noch in meiner Umarmung und ihr Blick huscht zwischen mir und der Stadt unter uns hin und her. Etwas hält sie zurück oder macht ihr sogar Angst.

Scheinbar muss ich die Entscheidung für sie treffen, also mache ich einen Schritt zurück, um ein wenig Distanz zwischen uns zu schaffen, bevor ich ihre Hand nehme, mich umdrehe und sie hinter mir herziehe, während wir zur Tür gehen.

„Ich nehme dein Schweigen als ein Ja", verkünde ich, als wir den Aufzug erreichen.

Sie steht neben mir, ungewöhnlich still. Ihre Hand liegt sanft in meinem harten Griff, schwach und passiv. Das gefällt mir nicht. Ich habe das Gefühl, sie entgleitet mir, und ich weiß nicht, was diesen plötzlichen Wandel in ihr hervorgerufen hat.

Die Türen zum Aufzug öffnen sich erstaunlich schnell. Wir treten ein, und ich bemerke, dass sie sich sofort mir zuwendet, sobald sie sich wieder hinter uns schließen. Ich erwidere ihren schweigsamen Blick und der kleine Raum füllt sich mit ungemütlicher Anspannung, während sie mich anstarrt.

Ich bin beunruhigt.

Hat sie mich doch erkannt? Habe ich etwas übersehen? Hat sie mich von der Gruppe weggelockt, damit ihre Freundin die Polizei rufen kann, die vor der Veranstaltung auf der Straße an mich warten? Ist das der Grund, weshalb sie so bestürzt war, als ich stattdessen beschloss aufs Dach zu gehen?

„Was ist?“, frage ich schärfer als beabsichtigt. Ich kann meinen plötzlichen Argwohn ihr gegenüber nicht verbergen. „Hast du Angst?“

Sie schüttelt den Kopf. „Nein“, flüstert sie. „Es ist nur so ... ich habe das noch nie getan.“

„Was getan?“, bohre ich nach, obwohl ich mir ziemlich sicher bin, dass ich weiß, wovon sie spricht.

Natürlich wird sie rot und senkt den Blick.

„Du weißt schon ... mit einem Mann nach Hause zu gehen, den ich gerade erst kennengelernt habe“, murmelt sie kaum hörbar.

Dieselbe alte Geschichte. Ich bin mir ziemlich sicher, dass Frauen wie sie dazu angehalten werden, diese Fassade des guten Mädchens aufrecht zu halten. Sie wollen nicht als leicht zu haben gelten, als das

Mädchen, das sich einfach an den nächstbesten verschenkt.

Aber sie wirkt auch nicht so, als wüsste sie, wie sie einen Mann dazu bringen kann, für sie zu kämpfen. Ihr Zögern ist nur Theater, etwas, das sie macht, um ihren guten Ruf nicht zu verlieren – es spiegelt nicht das wider, was sie wirklich denkt oder will.

Zumindest vermute ich das. Zu versuchen, sie zu durchschauen, macht mehr Spaß als gedacht. Sie ist so verschlossen, so vorsichtig und irgendwie widersprüchlich.

Selbst wenn es nicht die Gefahr wäre, die ihr anhaftet, würde ich sie erobern wollen – zumindest für die Nacht.

„Ich glaube dir nicht“, sage ich, um sie herauszufordern.

Sie sieht zu mir auf und ein schüchternes Lächeln breitet sich auf ihren Lippen auf. „Das solltest du vermutlich auch nicht.“

Ihre Worte machen mich erneut argwöhnisch, aber als wir den Aufzug verlassen und durch die Lobby hinaus auf die Straße gehen, wartet niemand auf uns. Keine Polizei, und auch keine Sirene ertönt. Ihr

Schauspiel als schüchternes Mädchen muss allein auf ihrer Hingezogenheit zu mir beruhen.

Schmeichelhaft.

Momentan gibt es zwei Orte, die ich Zuhause nenne, und als der Taxifahrer nach der Adresse fragt, nenne ich ihm die neue, die respektable.

Ich besitze das Apartment noch nicht besonders lang und habe kaum eine Nacht dort verbracht, daher bin ich nicht überrascht, dass sie verwirrt ist, als wir dort ankommen.

„Das hier gehört dir?“, fragt sie und begutachtet den kaum möblierten Wohnzimmerbereich. „Bist du gerade erst eingezogen?“

‚Noch nicht’ wäre die ehrliche Antwort, aber dann würde sie mich nach meinem alten und derzeitigen Zuhause fragen – und ich werde sie auf keinen verdammten Fall in diese gruselige Absteige mitnehmen.

„Ja“, antworte ich daher. „Ich arbeite viel und verbringe nicht viel Zeit zu Hause, deshalb dauert es mit dem Einrichten länger als bei anderen.“ Ich halte inne und zwinkere ihr zu. „Aber ich verspreche dir, es gibt ein bequemes Bett.“

Sie senkt den Blick und errötet. Die sexuelle Anspannung und Anziehungskraft, die zwischen uns geherrscht hat, als wir auf dem Dach gestanden haben, ist nun verschwunden und wurde von einer unbehaglichen Distanz ersetzt.

Ich denke, sie könnte einen weiteren Drink gebrauchen, und verfluche mich, dass ich nicht früher daran gedacht habe, weil es nur wenig gibt, was ich ihr hier anbieten kann. Alles, was ich habe, ist eine alte Flasche Whiskey, ein Überbleibsel schlechter Angewohnheiten.

Wir gehen in meine Küche und sie entdeckt die einsame Flasche, bevor ich ihr überhaupt etwas anbieten kann.

„Oh", sagt sie, strahlt und deutet darauf. „Könnte ich davon probieren?"

„Das ist sowieso der einzige Drink, den ich dir anbieten kann", erwidere ich und nehme ein Glas aus dem Schrank. „Auf Eis oder pur?"

„Pur."

„Eine wahre Kennerin also."

Sie schüttelt den Kopf, während ich ihr einschenke. „Nein, aber ich mag zwischendurch einen guten Whiskey. Es hilft, die Nerven zu beruhigen."

„Ich weiß nicht, ob du diesen hier als gut bewerten würdest“, erwidere ich. „Aber wenn deine Nerven etwas Beruhigung brauchen, bin ich sicher, dass er das schafft.“

„Danke.“ Sie nimmt das Glas, hebt es und riecht an der Flüssigkeit, bevor sie vorsichtig daran nippt.

Ich beobachte sie, während sie ihren Drink genießt. Ihre wilde Mähne ist durcheinander und wirkt verdammt niedlich. Es war windig auf dem Dach und was immer sie getan hat, um ihr Haar für die heutige Veranstaltung zu richten, ist jetzt ein vollkommen hoffnungsloser Fall. Es stellt einen interessanten Kontrast zu ihrer schicken Kleidung dar. Ihr Lippenstift ist verschmiert und hat seine tiefe und übertriebene Farbe verloren. Sie sieht ohne ihn viel besser aus und ich werde sicherstellen, dass ich auch noch das letzte bisschen dieses nervigen Zeugs entferne, bevor ich mit ihr fertig bin.

„Besser?“, frage ich, nachdem sie vorsichtig ein paar Schlucke genommen hat.

„Ja“, sagt sie. „Der ist tatsächlich ein ziemlich guter, sehr süß und weich.“

„Weich, hm? Ich verspreche dir, abgesehen vom Whiskey wird in dieser Nacht nichts weich sein.“

Es ist riskant, aber als ich nach vorne gehe, um sie zu nehmen, widersteht sie mir überhaupt nicht. Ein überraschtes Keuchen kommt über ihre Lippen, bevor ich sie mit einem Kuss verschließe.

# Kapitel 12

*Nike*

Sein aggressives Vorgehen ist neu für mich. Trotz seines ziemlich düsteren und mysteriösen Verhaltens auf der Benefizveranstaltung habe ich nicht erwartet, dass er so sein würde. So dominierend und geradeheraus.

Er will mich und das lässt er mich eher durch seine Taten als durch seine Worte wissen.

Es gab einen Augenblick auf dem Dach, als ich mich seltsam unwohl bei ihm gefühlt habe. Ich weiß nicht, wodurch das hervorgerufen wurde, aber irgendwas schien einfach nicht zu stimmen. Mit ihm. Mit der Tatsache, dass er und ich zusammen sind. Nach diesem ersten Kuss herrschte eine seltsame

Vertrautheit zwischen uns, und auf einmal habe ich mich an das erinnert, was er zu mir gesagt hat, als ich zum ersten Mal auf ihn zugekommen bin.

Er dachte, ich würde eine Art Spiel spielen und dass wir uns schon einmal begegnet wären. Es war nur in diesen ersten Augenblicken, aber er wirkte sehr ernst.

Haben wir uns schon einmal getroffen? Obwohl ich versucht habe, diese Gedanken beiseite zu schieben, als er mich jetzt in seiner Wohnung erneut küsst, kann ich nicht anders, als mir diese Frage zu stellen.

Was ich ihm gegenüber empfinde, kann ich nur als verwirrend beschreiben. Es ist nicht nur Anziehungskraft, sondern mehr als das.

Ich wünschte nur, ich wüsste, was es ist.

Auf einmal kann ich seine starken Hände auf meinem Hintern spüren. Er drückt meinen Po durch den dünnen Stoff meines Abendkleids hindurch und presst meinen Unterleib an seinen.

„Komm“, flüstert er zwischen unseren Küssen, bevor er mich hochhebt. Ich lege die Beine um seine Taille. Er dreht sich um und trägt mich zum Schlafzimmer, während ich weiterhin seine Lippen koste.

Er hat nichts vom Whiskey probiert, und doch schmeckt er irgendwie süß und rauchig.

Sein gut sitzender Anzug hat bereits verraten, dass er sehr muskulös ist, aber jetzt, da er mich trägt und mein Körper so dicht an seinen gepresst ist, kann ich seine Stärke fühlen. In seinen Armen fühle ich mich leicht wie eine Feder.

Ich gebe ein überraschtes Quieken von mir, als er mich auf sein Bett wirft. Ich hatte nicht mal mitbekommen, dass wir im Schlafzimmer angekommen waren, und sehe mich verwirrt um, während er vor mir steht. Er zieht seine Anzugjacke aus und lässt sie achtlos auf den Boden fallen, seine Augen auf mich fixiert.

„Worauf stehst du?“, fragt er und hebt herausfordernd das Kinn.

Ich sehe zu ihm hoch und richte mein Kleid, was dumm ist, wenn man bedenkt, was wir vorhaben. „Was meinst ...“

„Im Bett“, unterbricht er mich und lockert seine Krawatte. „Ich bin hungrig. Darf ich dich so nehmen, wie ich dich brauche?“

Ich weiß nicht, was ich sagen soll, und starre ihn einfach an, was vermutlich keine besonders hilfreiche Antwort ist.

Er wird seine Krawatte los und beginnt sein Hemd aufzuknöpfen, wobei sein Blick mich auf das Bett bannt, so dass ich nicht in der Lage bin, mich zu bewegen. Seine Augen sind dunkel und selbstsicher, voller Versprechungen und zugleich furchteinflößend.

Ich will ihn berühren. Mir gefällt die Entfernung zwischen uns nicht. Bevor er sein Hemd fertig aufknöpfen kann, knie ich mich vor ihm aufs Bett.

„Lass mich", flüstere ich und schiebe sanft seine Hände weg, bevor ich mit dem weitermache, womit er begonnen hat. Einen Augenblick lang fürchte ich, dass er es mir nicht erlaubt und stattdessen wütend wird, aber er lacht nur leise, nimmt die Hände weg und beobachtet mich, als ich die letzten Knöpfe öffne.

„Ich werde nicht so sanft mit dir umgehen", verspricht er, sobald ich das Hemd teile und seine unglaubliche Brust enthülle.

Ein großes und auffälliges Tattoo ziert den unteren Bereich seines Oberkörpers. Langsam schäle ich ihn aus seinem Hemd, um es mir besser ansehen zu können.

Das Tattoo scheint eine Schlange oder ein Drache zu sein oder eine Mischung aus beidem. Die Kreatur windet sich um die rechte Seite seines Beckens und schmückt beeindruckende Muskeln. Ich folge den schwarzen Linien mit der Fingerspitze, als ob ich die Schuppen der Schlange streichle.

Sein ganzer Oberkörper ist solide und stark, als ob er ständig eine Rüstung tragen würde. Ich bemerke die vielen Narben, die seine leicht gebräunte Haut bedecken.

Meine Hände wirken so, als ob sie einem bleichen Kind gehören würden, als ich sie auf seine durchtrainierte Brust lege und sanft die Gräben nachfahre, die sich durch seine Muskeln gebildet haben.

Er lässt mich gewähren, greift aber nach meinem Kinn und hält es zwischen Zeigefinger und Daumen fest, um meinen Kopf zurückzuneigen und meinen Blick auf sich zu lenken.

„Jetzt antworte mir“, flüstert er. „Darf ich mir deinen köstlichen kleinen Körper so nehmen, wie ich es brauche?“

„Was heißt das?“, hauche ich, obwohl ich anfange zu begreifen, wovon er redet. Er ist nicht sanft, nicht vorsichtig. Er ist ein Mann, der weiß, was er will und es sich genau so nehmen wird.

„Grob“, sagt er, wenig überraschend für mich. „Grob, wild, hart. Ohne Zurückhaltung.“

Seine Worte jagen mir einen Schauer über den Rücken und zu anderen Körperstellen. Mir gefällt seine Bestimmtheit. Es ist nicht nur schmeichelhaft, so gewollt zu werden, sondern auch sehr, sehr verführerisch.

„Ja. Zeig mir was das heißt.“ Ich zische und betone das S, als ob ich die sexy Schlange auf seiner Hüfte verkörpere.

Und er reagiert sofort.

Ich kann ein mädchenhaftes Aufkreischen nicht unterdrücken, als er vorprescht, mich auf dem Bett auf den Rücken schubst und sich auf mich legt, so dass er mich nun mit seinem Körper statt nur mit seinem Blick niederdrückt.

Seine Lippen liegen in Sekundenschnelle auf meinen und erobern mich mit unbekannter Kraft. Ich beginne mich unter ihm zu winden, kann mich aber kaum rühren, weil er mich mit seinem ganzen Sein so in seinem Bann hält. Er ist so groß und stark – es ist unglaublich sexy.

Ich fühle, welchen Effekt ich auf ihn habe, denn er drückt sich gegen meinen Oberschenkel. Ich hebe die Arme, um ihn zu umarmen, aber er packt rasch meine Handgelenke und drückt sie über meinem Kopf auf die Matratze. Ich bin ihm vollkommen ausgeliefert. Er hält meine beiden Arme mit einer Hand fest, während er mit den Fingern der anderen an meiner Seite hinab streicht und jede Kurve erforscht.

Ich zittere, als er den Saum meines Kleids erreicht und beginnt, ihn nach oben zu schieben. Seine Bewegung ist zudringlich und doch so willkommen. Seine Hand wandert höher und erreicht bald meine Hüfte unter dem Kleid. Ich stöhne, obwohl seine Finger noch nicht mal in der Nähe meiner Mitte angelangt sind. Seine Berührung ist so elektrisierend, so stark und gleichzeitig so sinnlich.

Schon bald finden seine geschickten Finger den Bund meiner Strumpfhose und ziehen sie nach unten, zusammen mit dem Tanga, den ich darunter trage. Es ist ein natürlicher Reflex zu protestieren, und ich merke, dass ich meine Beine schließe und versuche, mich zur Seite zu rollen, was nutzlos ist, denn er hat mich in festem Griff.

„Nein!“ Er schiebt mich wieder zurück und beugt sich über mich. Sein Gesicht ist meinem so nah, dass sich unsere Nasen fast berühren. „Ich muss dich schmecken“, zischt er. „Das weißt du doch, oder?“

Ich starre aus geweiteten Augen zu ihm auf und fühle die Hitze, als meine Wangen sich vor Scham röten. Er sieht mich erwartungsvoll an.

Ich nicke schweigend, als ob ich ihm offiziell die Erlaubnis gebe, weiterzumachen. Er stöhnt zufrieden, schiebt sich tiefer und zieht meine Strumpfhose und den Tanga herunter, bis ich untenrum nackt vor ihm liege, nur noch von meinem Kleid bedeckt, das ich hilflos über meine Blöße ziehe.

Er schiebt meine Hände weg und wirft mir ein böses Lächeln zu. „Süß“, kommentiert er, bevor er meine Versuche vollkommen nutzlos macht und mein Kleid nach oben zerrt.

Ich schließe die Augen, verwirrt und beschämt angesichts meiner Erregung. Ich bin mir sicher, dass er es weiß, und falls nicht, wird er es erfahren, sobald er seine Hände an das Ziel bewegt, von dem ich glaube, dass er es im Sinn hat.

„Wunderschön“, bemerkt er, streichelt die Innenseite meiner Schenkel und drückt meine Beine auseinander. „Ich muss dich schmecken.“

Ich stöhne und winde mich, als er sich vorbeugt und nun demselben Pfad mit seiner Zunge folgt, den seine Hände genommen haben, bis er meine Mitte erreicht. Er hält inne, und ich weiß, dass er zu mir emporblickt und meine Reaktionen beobachtet, aber ich wage es nicht, ihn anzusehen, und halte meine Augen geschlossen.

Ein tiefes Stöhnen begleitet seine Bewegungen, als er sich meiner Mitte nähert und über den äußeren Rand meiner Schamlippen leckt, bevor er sich auf meine Spalte konzentriert.

Ich kreische vor Lust auf und drücke den Rücken durch, als seine Zunge meine Klit findet. Er malt erst kleine Kreise darum herum, bevor er daran saugt und mit einem sanften Druck beginnt, bis seine Bewegungen gieriger werden.

„Oh, mein Gott“, rufe ich, keuche verzweifelt und spreize die Beine weiter, lade ihn regelrecht ein. Ich höre ein kleines Lachen von ihm, aber er hält nicht einen Moment inne. Er steht total darauf, ist so aufmerksam und hungrig. Es fühlt sich an, als ob er sich an meiner Lust labt und mir mit jeder Minute, die vergeht, noch mehr Vergnügen verschaffen will.

Ich fühle, wie sich mein Orgasmus nähert. Zu schnell.

„Pass auf, sonst komme ich“, seufze ich hilflos. Es sollte eine Warnung für ihn sein, aufzuhören, aber stattdessen höre ich ein zustimmendes Stöhnen.

„Tu es“, drängt er mich. „Ich will, dass du kommst!“

Ich gebe einen tiefen Seufzer von mir, als er seine Bemühungen intensiviert. Es fühlt sich zu gut an, zu intensiv. Mein Verlangen wächst mit jeder Bewegung seiner geschickten Zunge und treibt mich in den Wahnsinn, während Wogen der Leidenschaft sich durch meinen Körpern bewegen.

Er schickt mich über die Klippe, indem er einen Finger in mich schiebt und mit der anderen Hand auf meinen Schamhügel drückt.

Das Gefühl ist zu viel. Ein unglaublicher Kick ergreift mich, als mein Orgasmus sich entfaltet. Ich winde mich und drücke den Rücken durch, werde aber immer wieder von seinen starken Händen auf meinen Platz zurückgedrückt, während seine Zunge meinen überwältigenden Höhepunkt in die Länge zieht.

In meinem Kopf dreht sich alles. Verwirrt und desorientiert schwebe ich auf den Nachwehen dessen, was gerade passiert ist, bis er sich zurückzieht und sich aufrichtet.

„Sieh mich an", befiehlt er, erhebt sich vom Bett und öffnet seine Hose. „Sieh dir den Mann an, der das mit dir getan hat", fügt er hinzu und sein dunkler Blick ruht auf mir, während er sich weiter auszieht.

Ich hebe benommen den Kopf. Er steht vor mir mit nackter Brust und sieht unglaublich köstlich aus, als seine Hose über seine schlanke Taille hinab gleitet. Die Beule in seinen schwarzen Boxershorts zeigt, dass auch ihm gefällt, was er sieht.

„Zieh das Kleid aus", ordnet er an. „Ich will dich ganz sehen."

Ich erhebe mich unbeholfen aus meiner liegenden Position und steige vom Bett. Meine Beine zittern wie die eines Rehkitzes. Er beobachtet mich, während ich mich aus dem Kleid schäle, immer noch schüchtern, selbst nach allem, was vor ein paar Augenblicken passiert ist.

Er summt anerkennend, als ich vollkommen nackt vor ihm stehe.

„Auf die Knie", sagt er.

Ich gehorche und knie mich vor ihn, den Blick auf die beeindruckende Wölbung gerichtet, die sich nun vor meinem Gesicht befindet.

Er macht einen Schritt nach vorn, überwindet die Distanz zwischen uns und legt eine Hand an meinen Hinterkopf. „Hol ihn raus."

Ich hake die Zeigefinger in den Bund seiner Shorts und ziehe sie langsam hinab, bis sich seine Erektion erhebt und die Unterhose zu Boden fällt. Er ist hart wie Stein und sein Schwanz ist ein genauso beeindruckender Anblick wie der ganze Mann.

Ich warte nicht auf seinen nächsten Befehl, sondern folge meinen eigenen Instinkten, als ich den Mund öffne und mich vorbeuge, um ihn zwischen die Lippen zu nehmen. Er konnte mich schmecken, jetzt bin ich an der Reihe.

Er stöhnt vor Verlangen und schiebt seine Hüften leicht nach vorn, während ich begeistert an ihm sauge. Ich liebe seinen Geschmack, die Süße, die darin liegt.

Ich will ihn für das wundervolle Vergnügen belohnen, das er mir gerade geschenkt hat, aber er erlaubt es nicht. Nach nur ein paar Augenblicken zieht er mich an meinem Haar zurück.

„Gieriges Mädchen“, flüstert er, und bevor ich etwas erwidern kann, beugt er sich vor und zwingt mich wieder auf die Beine. Sobald ich wieder auf den Füßen bin, hebt er mich hoch als ob ich nichts wiegen würde.

Das Quieksen, das ich ausstoße, als er mich auf einmal wieder aufs Bett wirft, ist eine Mischung aus Überraschung und Freude. Mir gefällt es, so behandelt zu werden, und es gelingt ihm, eine gewisse Liebenswürdigkeit in sein befehlsgewohntes Verhalten zu legen.

„Ich werde dich jetzt ficken“, verspricht er mir, während er ein Kondom über seine Erektion streift. „Und ich werde nicht damit aufhören, bis du erneut gekommen bist.“

„Dagegen hab ich nichts einzuwenden“, flüstere ich und grinse ihn an.

„Frechdachs!“ Er klettert wieder aufs Bett, packt mich an den Hüften und zieht mich näher an sich.

Er neckt meine Spalte mit der Spitze seines Glieds und beobachtet meine Reaktion. Seine Hände liegen immer noch auf meiner Hüfte und die Daumen streicheln nun die weiche Haut an meinem Becken, während ich mich unter ihm winde.

Ich will ihn in mir spüren und als er sich endlich in mir versenkt und mich mit seiner eindrucksvollen Härte weitet, stoße ich ein dankbares Stöhnen aus.

Er beginnt langsam, aber nur die ersten paar Bewegungen sind so sanft, bis er aggressiver wird und ich bald unter der brutalen Stärke hin und her geschoben werde, als er mich nimmt, wie er es mir versprochen hat – wild und erbarmungslos.

Ich beuge die Knie, versuche, mich abzustützen, aber er ist so stark und so überwältigend, dass ich keine Chance habe. Er fühlt sich göttlich in mir an und ich liebe den Anblick seiner starken Armmuskeln, die sich anspannen, während er mich erfüllt.

Wir sind perfekt synchron, folgen einem Rhythmus, den zu erreichen mir mit anderen Männern schwerfiel. Bei ihm scheint alles ineinanderzugreifen, ohne Druck. Er dreht mich ein wenig, hebt meine Hüfte und zwingt mich dadurch, den Rücken noch mehr durchzudrücken. Diese Veränderung meiner Position bringt eine vollkommen neue Stimulation, die langsam, aber sicher meinen nächsten Höhepunkt in Reichweite kommen lässt.

Er bemerkt es und schenkt mir ein triumphierendes Lächeln. Kurz darauf spüre ich erneut seinen Finger auf meiner Klit und er neckt meinen empfindlichsten Punkt, um mich zum Kommen zu bringen.

Ich stöhne vor Lust und ergebe mich ihm.

„Sag mir, wenn du kurz davor bist zu kommen“, zischt er. Seine Stimme klingt düster und herausfordernd, gemischt mit seiner atemlosen Aufregung.

Er legt mehr Druck auf meinen kleinen Knoten, trifft genau den richtigen Punkt. Ich drücke den Rücken durch, hebe mich von der Matratze, als ein plötzlicher Blitz der Lust mein ganzes Sein erfasst. Dieser Orgasmus ist genau wie seine Art zu vögeln – erbarmungslos, brutal und überwältigend.

„Ich ko...“, ächze ich zwischen verwirrenden Wogen der Leidenschaft.

Ein tiefes Knurren, gefolgt von ein paar besonders tiefen und langsamen Stößen kündigt seinen eigenen Höhepunkt an. Er schließt die Augen und wirft den Kopf zurück, als er selbst überwältigt wird und unser gemeinsames Stöhnen das Zimmer erfüllt.

# Kapitel 13

*Mars*

Es gibt zwei Dinge, die mich nerven, als ich am nächsten Tag aufwache.

Das Erste ist, dass sie mir nichts erzählt hat. Ich habe sie bis zur Bewusstlosigkeit gevögelt und ihr alles gegeben, was ich hatte. Keine Frau hat sich jemals so unter mir gewunden wie sie in der letzten Nacht. Sie war trunken vor Lust und hat mit jedem Orgasmus mehr ihre Sinne verloren.

Das war Teil des Plans. Ich wollte sie in diesen Zustand versetzen, befriedigt, entspannt und verwundbar.

Aber ich habe es mehr genossen als geplant. *Ich* war derjenige, der am Ende seinen Verstand zu verlieren drohte.

Sie hat es mir zu leicht gemacht. Es war, als ob sie für meine Berührung, meinen Körper, meine Bedürfnisse geschaffen worden wäre.

Ich kann nicht fassen, wie gut ich mit dieser Frau zusammengepasst habe.

*Mit meiner verfickten Zeugin!*

Einer blinden Zeugin, wie es den Anschein macht.

Sie scheint wirklich keinen verfluchten Schimmer zu haben. Selbst in ihrem benebelten, postkoitalen Zustand, als sie neben mir lag und versuchte, in meinen Armen die Nachbeben ihrer Lust zu verarbeiten, hat sie sich mir nicht geöffnet. Ich war vorsichtig, als ich ihr Fragen gestellt habe, als ich mich bemüht habe, ihr näher zu kommen, herauszufinden, wie ihr undurchschaubarer Verstand funktioniert.

Aber vielleicht verarsche ich mich selbst. Vielleicht war das nur meine Ausrede dafür, sie so zu nehmen, wie ich es letzte Nacht getan habe.

Ich bin ein verfluchter Idiot! Ich hätte sie einfach eliminieren sollen. Ich verfluche mein vergangenes Selbst dafür, dass er in jener Nacht nicht den Abzug betätigt hat. All das wäre nie ein Problem geworden, wenn ich es getan hätte.

Aber dann hätte es die letzte Nacht nicht gegeben.

Diese wilde, unüberwindbare Verbindung zwischen uns, Funken, die noch jetzt auf meiner Haut glühen.

Das Zweite, was mich verflucht stört, ist, dass sie immer noch hier ist.

Ich bin neben ihr aufgewacht. Sie liegt auf der Seite, ihr nackter Rücken zu mir, und sie umarmt die Decke, als versuche sie, sich vor mir zu schützen – was sie auch verdammt noch mal tun sollte.

Ich weiß nicht, wie ich damit umgehen soll. Es ist Jahre her, seit ich neben einer Frau aufgewacht bin, und selbst damals hat es mir nie besonders gefallen.

Obwohl es in diesem Fall nicht die Frau selbst ist, die mich nervt. Ich kann die Wärme ihres zierlichen Körpers neben mir spüren. Die schwere Decke hebt und senkt sich sanft unter ihren Atemzügen und ihr hübsches Gesicht wird durch ihre dichte Mähne verdeckt. Sie strahlt eine Ruhe aus, die ich mit niemandem sonst bisher erlebt habe.

Ihre Gegenwart fühlt sich angenehm an. Richtig.

Sie ist so beruhigend wie die Melodie, die ich manchmal vor mich hin pfeife.

*Das* ist es, was mich nervt.

Meine letzte und einzige Zeugin liegt neben mir im Bett. Nackt, befriedigt – und offensichtlich kurz davor, sich in mich zu verlieben, wenn ich ihre vor Lust trunkenen Blicke in der letzten Nacht korrekt interpretiere.

*Was zum Teufel tue ich hier?*

Ich sollte sie ein für alle Mal zum Schweigen bringen. Was soll's, dass sie gestern Abend nicht geredet hat? An irgendeinem Punkt könnte sie sich dennoch daran erinnern.

Das kann ich nicht riskieren. Sie ist die letzte Person, die zwischen mir und meinem neuen Leben steht.

Mein Handy vibriert auf der anderen Seite des Zimmers, so dass sie aufwacht und sich schläfrig zu mir herumrollt, während ich mich beeile aufzustehen.

Ihr müder Blick ruht auf mir, als ich die Nachricht überprüfe, um zu sehen, wer mich so früh am Morgen erreichen will. Genau wie sie trage ich keine Kleidung und mir ist sehr bewusst, dass sie an meinem muskulösen Körper hinabsieht, bis sie meine Morgenlatte erreicht.

*Hast du von Tony gehört?*, erscheint die Nachricht auf meinem Display. *Beschissen gelaufen! Wir sollten reden.*

„Fuck!“, zische ich und verfluche mich einen Augenblick später, als ich mich daran erinnere, dass ich nicht allein bin.

„Was ist los?“, fragt sie leise, ihre Stimme gefärbt von Sorge.

Ich sehe auf. Sie starrt mich aus schmalen Augen an. Ihr wildes Haar umrahmt ihr zartes, bleiches Gesicht wie eine wahre Löwenmähne. Selbst jetzt finde ich sie unglaublich anziehend. Ihre Unschuld und Naivität strahlen aus jeder Faser ihres Seins.

Ich habe fast ein schlechtes Gewissen, dass ich sie dazu gebracht habe, eine so schreckliche Sache zu beobachten wie den Mord an diesem Mann – an Tony. Allerdings habe ich sie nie auf dieses Dach eingeladen. Sie hätte von Anfang an nicht dort sein sollen.

Sie ist ein naives, unschuldiges Mädchen – und genau diese Mädchen machen die dümmsten Fehler.

Ich schüttle den Kopf.

„Nichts“, lüge ich und sehe wieder auf den Bildschirm in meiner Hand. Christian. Dieser verdammte Christian. Ich hätte wissen müssen, dass er das nicht einfach so durchgehen lassen würde.

Er ist kein richtiger Mafiosi, sondern nur ein Handlanger, wie ich es war. Aber er ist Teil des Geschäfts, selbst wenn er sich nur am äußeren Rand bewegt. Er kennt mich und er weiß, was ich in den vergangenen Jahren getan habe, obwohl er selbst nie ein Auftragnehmer war. Er ist kein übler Kerl, nur jemand, der in Geschäfte mit der Mafia verwickelt wurde, weil sie eine seiner Einrichtungen für ihre Geschäfte benutzt hatten.

Genau wie diese junge Frau ist Christian zur falschen Zeit am falschen Ort aufgetaucht, hat Dinge gesehen, die er nicht hätte sehen sollen, und ihm wurde eine Wahl gelassen: Entweder solle er Schutzgeld bezahlen, mit der Mafia zusammenarbeiten und ihnen erlauben, dass sie seine Bar dazu benutzen, um Geschäfte zu machen – oder er müsste sterben.

Ich mochte ihn von Anfang an und war einer derjenigen, der unseren Boss davon abgehalten hat, ihn umzubringen, obwohl ich mir ziemlich sicher war, dass es früher oder später trotzdem passiert wäre, wenn ich den Boss nicht vorher getötet hätte. Ich habe ihn überredet, dass es gut ist, Freunde in der Außenwelt zu haben, Männer, die im Herzen keine Kriminellen sind, sondern einfach nur wollen, dass ihre Familien überleben.

Christian ist diese Art von Mann. Unschuldig, aber unmoralisch genug, um einige Dinge geschehen zu lassen, nützlich und vertrauenswürdig zu sein.

Aber jetzt habe ich ein Problem mit ihm.

Er weiß von den letzten Toten. All diesen Idioten, die ich umbringen musste, um aus diesem Geschäft als Sensenmann aussteigen zu können. Er ist nicht dumm und er hat sie einen nach dem anderen fallen sehen. Jetzt, da der letzte der Kerngruppe, die sein Lokal unsicher gemacht hat, verstorben ist, beginnt er sich Sorgen zu machen.

Dazu hat er auch allen Grund. All diese Bastarde. Christian sollte dankbar sein. Man kann nicht vorhersagen, was als Nächstes hätte passieren können. Ein falscher Schritt seinerseits und er wäre tot gewesen, da bin ich mir sicher.

Aber das weiß er nicht. Er hat keine Ahnung, wer sie getötet hat. Und seiner Meinung nach, könnte der

Killer als Nächstes hinter ihm her sein – und da hat er auch nicht ganz Unrecht. Ich war kurz davor, etwas wegen ihm zu unternehmen, habe mich aber dagegen entschieden, ihn zu töten. Vorläufig. Es war eine schwere Entscheidung, die mir auch immer noch durch den Kopf geht.

Der einzige Grund, weshalb ich ihn in Ruhe gelassen habe – und das auch in der nahen Zukunft weiter so vorgehabt hatte –, war, dass er außer Sichtweite lebt. Er stellt keine Fragen, wie immer, und es schien ihm egal zu sein, wenn etwas innerhalb der Kreise der Mafia geschieht. Ich dachte, er wäre erleichtert und würde einfach mit seinem Leben weitermachen, wenn alle von ihnen gestorben wären.

Und jetzt will er reden. Ausgerechnet mit mir.

Ich dachte, ich wäre fertig, und jetzt sieht es aus, als ob ich mir Sorgen um zwei Leute machen müsste – zwei Menschen, die ich nicht töten will.

Ich wusste, dass es nicht einfach werden würde, aber irgendwie habe ich erwartet, dass die Schwierigkeiten von anderer Seite kommen würden.

„Du wirkst angespannt“, stellt sie fest und hebt neugierig die Augenbrauen. „Schlechte Nachrichten?“

*Oh, verdammt, ja, schlechte Nachrichten. Du hast doch keine Ahnung, du dummes Mädchen!*

„Alles okay“, sage ich. „Nur die Arbeit.“

„An einem Samstag?“, erkundigt sie sich. „Ich schätze, in einer Position wie deiner ist es schwer, mal frei zu machen, oder?“

Sie setzt sich auf und versucht ihr wildes Haar zu zähmen. Es ist sinnlos und führt nur dazu, dass es noch mehr durcheinander wirkt.

Das Lächeln, das auf meinen Lippen auftaucht, ist noch so ‘ne Sache, die mich nervt.

„Ja, so könnte man es ausdrücken.“ Ich gehe zurück zum Bett und überlege, ob ich sie erneut durchnehmen soll. Mein Schwanz zuckt bei dem Gedanken daran.

Aber bevor ich diese Idee in die Tat umsetzen kann, schlägt sie die Decke zurück und springt aus dem Bett.

„Ich werde dir nicht im Weg stehen. Ich mache mich auf den Heimweg.“

Mein Hunger auf sie wächst, als ich zusehe, wie sie durch den Raum schlendert, vollkommen nackt und mit einem verführerischen Hüftschwung.

„Nein, du kommst hierher“, befehle ich.

Sie hält inne und dreht sich um. Ihre schmalen Schultern verschwinden fast unter den dunkelblonden Locken ihres ungezähmten Haars. Ihre dunklen Augen sind weit geöffnet, ihre Lippen leicht geteilt.

Was immer passieren wird, was immer ich beschließe, auf lange Sicht zu unternehmen – ich weiß, dass ich sie nicht gehen lassen werde, bevor ich sie nicht erneut flachgelegt habe.

Sie bewegt sich nicht, sondern sieht mich nur mit diesen Bambiaugen an. Ihr Mund öffnet sich etwas, als ob sie mich rufen würde, aber ihre Stimme versagt.

Ich habe sie zurückbeordert, aber sie rührt sich nicht vom Fleck.

„Gut, wenn du nicht zu mir kommst, komm‘ ich halt zu dir“, flüstere ich.

Sie zuckt überrascht zusammen, als ich nach zwei großen Schritten vor ihr stehe. Ich packe ihren Oberarm und ziehe ihren nackten Körper eng an meinen, bevor ich meine Lippen auf ihre drücke. Das süße Stöhnen, das ihr entweicht als unsere Zungen sich treffen, macht mich unglaublich an. Ich brauche sie.

Ich bin steinhart, und die Spitze meines Schwanzes drückt gegen ihre weiche Haut, während ich sie erobere. Sie windet sich und stöhnt, gibt bewusst meinem Bedürfnis nach. Ich muss sicherstellen, dass sie bereit für mich ist.

Ich schiebe die Hand zwischen ihre Beine, streiche über ihren nackten Schamhügel und teile ihre Schamlippen. Sie ist feucht und spreizt willig ihre Schenkel, um mich einzuladen.

„Was bist du doch für eine kleine Schlampe", zische ich und fühle durch unseren Kuss, wie sie lächelt.

Sie hebt ihr Bein, schlingt es um meine Taille und zieht mich mit so viel Kraft näher, wie eine zierliche Person wie sie in der Lage ist aufzubringen. Die Spitze meines Glieds neckt ihre Öffnung und kommt ihr gefährlich nah.

*Fuck, was tut sie? Ich werde sie nicht schwängern!*

Ich versuche, sie von mir zu drücken, bevor mein Hunger mich überwältigt und mich dazu bringt, etwas noch Dümmeres zu tun als ich bereits mit ihr angestellt habe.

„Schon okay", haucht sie. Ihre Lust klingt in jeder Silbe durch. „Ich nehme die Pille."

Man sollte einer Frau, die man gerade kennengelernt hat, nie vertrauen, wenn sie das sagt. *Niemals*. Das war immer meine eiserne Regel. Weiber sind irre. Man weiß nie, wann man einer begegnet, die einfach nur nach einem Samenspender sucht und dich lebenslang an sich ketten will.

Aber diesen Eindruck habe ich nicht von ihr. So, wie sie ihre nasse Pussy an meinem Schwanz reibt, treibt sie scheinbar nichts an außer Verlangen.

*Scheiß drauf.*

„Ich nehme dich beim Wort", brumme ich, bevor ich ihren Hintern packe, sie hochhebe und dorthin platziere, wo sie hingehört.

Sie stöhnt laut und legt beide Beine um meine Taille, als ich in ihre feuchte Mitte eindringe. Sie drückt meinen Schwanz in verzweifelter Begierde und krallt die Nägel in meine Schultern, als sie versucht, sich an mir festzuhalten, während ich in sie stoße. Sie ist so eng, so gierig und bereit für mich. Die Intensität, sie pur zu spüren, ist fast zu überwältigend – diesmal werde ich nicht lange durchhalten.

Nike ist so leicht in meinen Armen, während sie auf meinem Schwanz reitet und ich mitten im Zimmer stehe. Es ist mir letzte Nacht nicht aufgefallen, aber in dieser Position, mit dieser wilden Kraft und Gelenkigkeit, die sie an den Tag legt, erinnert sie mich daran, wie athletisch sie ist. Ihr Körper mag anfangs durchschnittlich schlank und sogar schwach wirken, aber sie ist stark und fit, kein dürres Lämmchen, dem ich beibringen muss, wie es läuft. Sie klammert sich an mich und folgt meinen Bewegungen mit Leichtigkeit. Ich dachte, ich wäre derjenige, der sich von ihr nimmt, was er braucht, aber wenn man uns jetzt so sieht, wäre es schwer zu sagen, wer hier wen vögelt.

Sie nimmt sich genauso das, was sie braucht, wie ich es tue – und sie verdient es zu bekommen, wonach ihr der Sinn steht.

Ich höre nicht auf, sie zu nehmen, während ich uns zum Bett manövriere. Sie stößt ein Quietschen aus, als ich sie auf die zerknitterten Laken werfe. Ihre Beine sind immer noch weit für mich gespreizt.

„Dreh dich um“, befehle ich.

Sie gehorcht und erhebt sich auf alle Viere, bis dieser perfekte Hintern in die Luft und in meine Richtung gereckt ist. Ihr ganzer Körper reagiert auf mich, als ich meinen Schwanz wieder in ihr versenke. Ihre Muskeln spannen um mein pochendes Glied, und sie biegt den Rücken durch.

Ich muss ihr nicht sagen, dass sie meine Stöße unterstützen soll, indem sie sich selbst berührt – das tut sie von ganz allein, entschlossen, zu kommen während ich sie von hinten durchnehme.

Ich packe sie an den Hüften und ramme ohne Gnade meine Länge in sie. Sie wirft den Kopf zurück und stöhnt in dankbarer Lust auf. Die Geräusche, die sie macht, verbunden mit dem Anblick ihres wunderschönen Hinterns treiben mich fast zu schnell über die Klippe. Die Vorboten eines brutalen Höhepunktes erfassen meine Schenkel.

Ich werde langsamer, versuche, wieder klar zu denken, aber es ist zu spät. Die Änderung meiner Bewegungen hat sie über den Rand geschickt, und ich fühle, wie ihre Muskeln um mich herum pulsieren, als sie ihren Orgasmus durchlebt.

Sie kommt auf meinem Schwanz und zwingt mich damit, ihr innerhalb von wenigen Augenblicken zu folgen.

# Kapitel 14

*Mars*

Es ist fast einen Monat her. Einen ganzen verdammten Monat.

Man würde denken, dass das reichen würde, damit ich wieder klar denken kann, aber im Gegenteil. Ich habe mich entschlossen, es noch schlimmer zu machen, indem ich mich weiter mit ihr treffe und mit ihr ausgehe, als ob sie meine verdammte Freundin wäre.

Ich behalte sie im Auge. Zumindest ist es das, was ich mir selbst sage. Wenn ich so tue, als ob ich ihr Geliebter, ein vertrauenswürdiger Begleiter bin, könnte ich die Person werden, der sie sich schlussendlich anvertraut. Wenn sie es denn jemals tut.

Wir haben uns ein paar Mal getroffen, aber nie länger als für ein paar Stunden. Es war übel genug, dass sie beim ersten Mal, als ich sie mit nach Hause genommen habe, über Nacht geblieben ist. Ich will nicht, dass das zu früh zur Routine wird, besonders nicht bei ihr.

Es ist später Morgen und ich stehe vor dem Spiegel und starre den armen Trottel vor mir an.

„Idiot“, zische ich mir selbst zu. „Du verfluchter Idiot.“

Nike hat das letzte Mal, als sie hier war ein Haarband da gelassen und es liegt wie eine Warnung vor mir. Dunkelrot, wie das Blut, das ich vergossen habe. Ich hebe es auf und drehe es zwischen Daumen und Zeigefinger.

Ich weiß nicht, was ich mit ihr tun soll. Es ist fast vier Wochen her, seit ich sie das erste Mal gevögelt habe, seit dieser pathetisch glorreichen Nacht, die mich dazu gebracht hat, den Kopf zu verlieren, und ich weiß es immer noch nicht.

Das gleiche gilt für Christian. Ich habe ihn einmal getroffen und ihm gesagt, dass er sich keine Sorgen machen, alles in Ruhe lassen und einfach mit seinem Leben weitermachen soll, frei von der Bedrohung durch die Mafia. Er saß vor mir, nickte, war aber gleichzeitig verdammt unsicher. Er traut mir nicht. Er glaubt nicht, dass er sich um nichts Sorgen machen muss, solange er still bleibt.

Also hat er das Gegenteil von dem getan, was ich ihm gesagt habe. Er fing an nachzuforschen und bemerkte dabei, dass ich nicht länger Aufträge ausführe wie früher. Er fing an, sich in meine Angelegenheiten einzumischen, und jetzt haben wir wirklich ein verficktes Problem.

Ich treffe mich heute mit ihm, entschlossen, ihn noch einmal zu beruhigen. Es ist zu dumm, dass ich diesem Mistkerl nicht einfach eine beruhigende Melodie vorpfeifen kann, damit er runterkommt.

Ich mache mich fertig und verlasse meine neue Wohnung in Kleidung aus meinem alten Leben, weil Christian mich so kennt. Dunkle und abgetragene Jeans mit einem schwarzen Pullover und einer alten Lederjacke, die ihre besten Zeiten schon lange hinter sich hat. Sie war das erste teure Stück, das ich mir selbst gekauft habe, als ich anfing, gutes Geld mit einem üblen Job zu verdienen. Die Jacke ist so alt wie meine Karriere als Mörder, aber anders andere Dinge aus meiner Vergangenheit, kann und will ich diese zweite Haut noch nicht ablegen.

Ich zögere einen Augenblick, bevor ich die Tür hinter mir schließe, und gehe dann wieder hinein. Vorsicht ist besser als Nachsicht, daher füge ich meine unauffällige Pistole meinem Outfit hinzu und verstecke sie in ihrem Holster unter meiner Lederjacke. Ich hoffe, dass ich sie nicht benutzen muss, aber es ist immer gut, sie bei mir zu tragen, besonders wenn ich mich zu diesem Ort begebe.

Christian wartet in seinem Laden auf mich, in der Bar, die uns ein verstecktes Hinterzimmer für unsere Geschäfte bot. Es ist mitten am Tag und noch sind keine der Angestellten eingetroffen, um alles für den Abend herzurichten. Ich klopfe an der schweren dunklen Holztür und höre, wie er sie innerhalb von Sekunden von innen aufschließt, als ob er wie ein Hund auf der anderen Seite gewartet hat.

Die Tür öffnet sich, und ich sehe sein stirnrunzelndes Gesicht. Christian ist nicht viel älter als ich, aber er sieht müde und verbraucht aus, was vermutlich ein Nebeneffekt ist, weil er nicht nur ganz allein eine Bar betreibt, sondern auch noch jahrelang von der Mafia unter Druck gesetzt wurde.

„Komm rein“, sagt er. Seine Stimme ist ungewöhnlich düster und leise.

Er weicht zurück und ich trete durch die Tür, die er rasch wieder hinter mir schließt. Die Bar ist dunkel und leer und die meisten der Stühle stehen noch umgedreht auf den Tischen.

Ich folge ihm zur Bar, wo er uns einen Drink einschenkt, ohne mich zu fragen, ob ich überhaupt einen will. Whiskey. Pur.

„Du wirkst nicht besonders entspannt“, bemerke ich, als er mir eines der kleinen Gläser reicht. „Ist etwas passiert?“

Christian hebt den Drink an seine Lippen und kippt ihn in einem Zug runter, bevor er mich mit gerunzelter Stirn ansieht.

„Du weißt verdammt gut, was passiert ist“, knurrt er. „Da draußen ist ein Killer, der die ganze Gang ausgelöscht hat – und ich soll glauben, dass der Typ nicht als nächstes hinter mir her ist.“

Ich nicke still und nehme, um den Schein zu wahren, einen vorsichtigen Schluck von meinem eigenen Getränk.

„Das ist total abgefuckt, Mann“, sagt Christian weiter. „Und weißt du, was noch viel abgefuckter ist?“

Er sieht mich aus schmalen Augen an und stützt sich auf seinen Ellbogen ab, als er sich zu mir beugt.

„Was?“, frage ich und hebe eine Augenbraue, um zu zeigen, wie wenig mich sein aufgesetztes Verhalten beeindruckt.

„Wie du damit umgehst. Dass du mir einfach sagst, ich solle es vergessen und sorglos mit meinem Leben weitermachen. Nachdem all das passiert ist? Glaubst du wirklich, dass ich so dumm bin, Joe Mars?“

Ich zucke zusammen, als er meinen richtigen Namen erwähnt. Diesen Namen habe ich in der Mafia nie benutzt, und es gibt nur eine Handvoll von Leuten – den Boss und seine engsten Vertrauten –, die ihn kennen. Vermutlich war es für Christian nicht besonders schwer, ihn herauszufinden, aber die Tatsache, dass er ihn jetzt erwähnt, zeigt, dass er tatsächlich etwas in meinen Privatangelegenheiten herumgeschnüffelt hat.

„Ganz recht“, sagt er, als ob er meine Gedanken liest. „Ich habe ein wenig recherchiert, Mr. Börsenmakler. Du versuchst also gerade, dir draußen einen Namen zu machen, oder?“

„Komm zum Punkt, Christian“, zische ich.

Er räuspert sich und richtet sich zu seiner vollen, aber nicht besonders eindrucksvollen Höhe auf.

„Ich glaube, *du* warst es“, verkündet er. „Du wolltest raus. Du hast es nie besonders toll gefunden, in diese Geschäfte verwickelt zu sein, und du kennst die Mafia besser als ich. Du wolltest raus und wusstest, dass alles gerade bergab geht. Die Kämpfe, die Toten, das Misstrauen – sie waren geschwächt und du hast die erstbeste Gelegenheit genutzt, um sie ein für alle Mal zu eliminieren – Mann für Mann.“

Ich antworte nicht auf seine Anschuldigungen und nehme einen weiteren Schluck von meinem Drink, benetze mir nur die Lippen, hauptsächlich deshalb, um Zeit zu gewinnen.

„Habe ich recht?“, fährt Christian fort, stemmt nun die Hände in die Hüften und versucht sich an einer einschüchternden und gleichzeitig selbstsicheren Haltung. Aber ich sehe, dass seine Hände zittern. Er ist alles andere als ruhig und selbstbewusst, weil er weiß, mit wem er spricht.

„Ich verstehe, weshalb du das denkst“, sage ich. „Aber du glaubst doch nicht, dass ich dir, wenn deine

Anschuldigungen wahr wären, eine ehrliche Antwort darauf geben würde, oder?“

Sein Gesichtsausdruck erstarrt. „Also gibst du zu, dass ich recht habe?“, fragt er ungläubig.

Ich schüttle den Kopf. „Das habe ich nicht gesagt.“

„Aber du leugnest es auch nicht! Und du willst, dass ich mich fälschlicherweise in Sicherheit wiege, damit du mich als nächsten ins Visier nehmen kannst.“

Ich rolle mit den Augen. Dieser Kerl macht die Sache für sich mit jedem seiner Sätze schlimmer, und er merkt es nicht mal.

„Ich habe nicht vor, dich umzubringen“, sage ich, obwohl ich mir in diesem Moment nicht ganz sicher diesbezüglich bin.

„Aber du hast die anderen getötet ...“

„Christian, hör mir zu“, unterbreche ich ihn. „Wir haben etwas gemeinsam, du und ich.“

Er hebt eine Augenbraue. „Das glaube ich n...“

„Wir haben beide nie wirklich dazugehört“, fahre ich fort. „Wir hätten beide in jedem Augenblick ausgelöscht werden können, in dem wir jemandem auf die Füße getreten sind. Du warst nützlich für sie, aber auch eine ständige Gefahr. Wer weiß, wie lange sie dich noch so hätten weitermachen lassen, bevor der

Boss beschlossen hätte, dass du eine zu große Bedrohung bist."

„Aber ich habe nie ..."

„Halt die Klappe!", fauche ich. „Lass mich ausreden, du Idiot! Noch eine weitere Unterbrechung und ich jage dir eine Kugel in den Kopf."

Er starrt mich an, sein Gesicht verliert sämtliche Farbe, aber er hält endlich sein Maul.

„Es ist egal, was deine Absichten waren. Die Mafia vertraut Menschen nicht, nur weil sie nicht in aller Öffentlichkeit ein Problem darstellen", sage ich. „Es ist schwer, ihr Vertrauen zu gewinnen, besonders wenn du für sie ein Außenseiter bist. Du und ich, wir waren beide solche Außenseiter. Ich wurde von ihnen angeheuert, und du wurdest von ihnen benutzt. Du solltest genauso glücklich wie ich sein, dass sie weg sind."

Er runzelt die Stirn und schenkt sich einen weiteren Drink ein.

„Also hast du es wirklich getan", flüstert er und klingt angewidert. „Du hast sie wirklich alle getötet."

Ich antworte nicht, sondern hebe erneut das Glas an meinen Mund und nehme einen weiteren Schluck, der kaum meine Kehle berührt und hauptsächlich meine Lippen benetzt. „Was jetzt wichtig ist, ist die Zukunft, Christian. Jetzt kannst du in Frieden leben, sofern du die Dinge ruhen lässt."

„Die Dinge ruhen lassen", wiederholt er leise und voller Angst. „Bedrohst du mich gerade?"

Ich drehe mich zu ihm und sehe, dass der Blick aus seinen kleinen hellgrauen Augen auf mir liegt. „Vielleicht. Wenn ich es als notwendig erachte, Christian, dann ja. Damit du die Klappe hältst, drohe ich dir."

„Sonst?", fragt er. „Sonst ende ich wie die anderen?"

Ich schüttle den Kopf. „So muss es nicht sein."

Er zuckt zusammen, als ich abrupt von meinem Barhocker aufstehe.

Dieses Gespräch ist für mich beendet.

„Alles, was angesprochen werden musste, wurde gesagt", teile ich ihm mit. „Jetzt liegt es an dir, Kumpel."

Er sieht mich mit einer unlesbaren Miene an. Darin liegt ein Hauch Angst, aber nicht genug für meinen Geschmack. Ich muss diesen Kerl im Auge behalten.

„Leb wohl, Christian", sage ich und wende mich ab.

Ich schließe die Tür hinter mir, ohne ein weiteres Wort von ihm zu hören.

# KAPITEL 15

## *Nike*

„Das ist ja furchtbar“, sagt Amanda, als sie mich ein neues Outfit anprobieren sieht. Sie zwinkert mir zu.

Ich stehe vor einem Ganzkörperspiegel und drehe und strecke mich, um zu sehen, ob das Kleid, das ich dank ihrer Empfehlung gekauft habe, mir so gut steht wie in dem Laden, als ich es erworben habe. Es ist ein dunkelrotes Kleid mit Carmenausschnitt aus Spitze – nichts, was ich normalerweise wagen würde zu tragen, aber Amanda hat mich davon überzeugt und ich vertraue ihrem Urteil.

„Furchtbar?“ Ich lächle sie an.

„Ja, du bist wie eine Teenagerin.“ Sie rollt mit den Augen. „Du hast dich Hals über Kopf in diesen Kerl verguckt – und ich habe dir nur gesagt, du solltest ein wenig wagemutiger im Flirten werden."

Ich lache leise und streiche mein Kleid zum x-ten Mal glatt. „Das war auch alles, worauf ich es abgesehen hatte", versichere ich ihr. „Wie hätte ich wissen können, dass er sich zu mehr als einem Flirt entwickeln würde?"

Sie hebt die Augenbrauen. „Ich freue mich für dich, das weißt du", sagt sie. „Sei nur vorsichtig, okay? Ein paar der Dinge, die du mir über ihn erzählt hast, klingen verdächtig in meinen Ohren."

Ich will widersprechen, aber ich weiß, dass sie recht hat. Ich habe ihr von seinem Verhalten zu Beginn erzählt, von seiner Beschuldigung, ich würde eine Art Spiel mit ihm spielen. Er war so sicher, dass wir uns schon einmal getroffen haben und dass ich etwas vor ihm verberge. Und so, wie er mich angesehen hat ...

Es war auch seltsam, wie wissbegierig er bei unserem ersten Date war, nicht mal körperlich, sondern emotional. Es gab mehr als einen Augenblick, als ich ihn für einen Polizisten oder Detektiv hielt, obwohl ich diese Gedanken verdrängt habe, nachdem wir Sex gehabt haben. Der war sowieso auf andere Weise seltsam, denn die Intimität, die wir in diesen

Momenten geteilt haben, war auch nicht von dieser Welt. So etwas Wahres und Tiefes kann man nicht vortäuschen. Aber so wundervoll es auch war, es machte mir ebenso Angst, tut es immer noch.

Es war, als ob er es wusste. Als ob er wusste, was kurz zuvor passiert war, bevor wir uns getroffen hatten. Dieser grauenhafte Vorfall auf dem Dach. Inzwischen ist zu viel Zeit verstrichen, um noch zur Polizei zu gehen, daher kann ich nur versuchen, alles zu vergessen. Ich will die Erinnerung wegschieben und sie so tief wie möglich vergraben, überlagert von positiven Erlebnissen und Gedanken.

Er hilft mir dabei, obwohl seine unglaubliche Hingabe mich immer noch verwirrt, genauso wie seine Fragen. Seine Neugier, was mich betrifft, ist zugleich liebenswert und seltsam. Als ich wissen wollte, warum er diese Fragen bezüglich meiner Vergangenheit, mein Privatleben und meine dunkelsten Geheimnisse stellt, sagte er nur, dass er so viel wie möglich über mich wissen will.

Ich habe versucht, ihn davon zu überzeugen, dass es über mich nicht viel zu wissen gibt, dass mein Leben schon immer ereignislos war, aber das hat ihn nie zufriedengestellt.

„Du musst dir keine Sorgen machen“, versichere ich Amanda, die mich immer noch von der Seite beobachtet und mit verschränkten Armen im Türrahmen lehnt. „Vielleicht erinnere ich dich gerade an eine Teenagerin, aber ich bin immer noch ein großes Mädchen. Ich kann auf mich aufpassen.“

„Ah, ich weiß, ich weiß“, sagt sie. „Lass dich nicht von mir verwirren. Ich bin vermutlich nur eifersüchtig.“

Ich drehe mich um und bemerke ihr freches Schmunzeln.

„Komm schon“, fügt sie hinzu. „Er ist ein großartiger Fang! Gut aussehend, reich, und hast du nicht erwähnt, dass er auch noch ein fantastischer Liebhaber ist?“

Sie grinst mich an, während meine Wangen so rot werden, als ob ich wirklich die Teenagerin wäre, als die sie mich gerade bezeichnet hat. Ich habe manchmal die Neigung, ein wenig zu offen Amanda gegenüber zu sein.

„Auf jeden Fall hält er dich von Dächern fern“, bemerkt Amanda, was mir einen kalten Schauer über den Rücken jagt.

Es ist mir ein Rätsel, wie es mir gelungen ist, diese erschreckende Begegnung vor ihr zu verbergen. Sie hat so häufig meine nächtlichen Dächertouren erwähnt und die Tatsache, dass ich damit aufgehört habe, und dennoch habe ich ihr nie den Grund dafür genannt. Es ist fast so, als ob es, wenn ich es ihr erzählen würde, noch realer werden würde. Wenn niemand außer mir – und dem Killer – davon weiß, kann ich mir immer noch einreden, dass es nie geschehen ist. Trotz des Polizeiberichts, der bestätigt hat, dass in jener Nacht wirklich jemand gestorben ist.

Ich schlucke schwer und versuche, diese dunklen Erinnerungen abzustreifen. Sie lassen mein Herz auf den Grund eines schwarzen Meers sinken, das sich in meiner Brust gebildet hat und alle bösen Erlebnisse enthält, die ich versuche zu verdrängen.

Dennoch habe ich mich früher jedes Mal in ihnen gesuhlt, wenn ich dort oben saß, die Skyline betrachtete und auf die Straßen hinab blickte, die vor langer Zeit meine Heimat gewesen waren. Ein anderes Leben, das ein anderes Ich als Hauptfigur hatte, ein jüngeres Ich, ein ärmeres und traurigeres Ich. Es ist fast kranke Ironie, dass es den Tod eines anderen

Mannes brauchte, damit ich mit dieser ungesunden Angewohnheit aufhöre.

„Bist du nicht spät dran?“, unterbricht Amanda meine düsteren Überlegungen.

Ich sehe zur Uhr auf dem Nachttisch. Verdammt, sie hat recht. „Ja!“ Ich sammle eilig meine Sachen zusammen.

Ich sollte das nicht tun. All diese schrecklichen Gedanken und Erinnerungen haben keinen Raum, wenn ich ihn gleich treffen werde. Obwohl ich mir sicher bin, dass es mir leicht fallen wird sie zu vergessen, sobald ich vor ihm stehe.

So war es bisher jedes Mal, wenn ich ihn gesehen habe.

Joe Mars ist mein Zufluchtsort, mein Licht in der Nacht und der einzige Mensch, der mir wirklich ein Gefühl von Sicherheit gibt.

# Kapitel 16

*Mars*

*~ Damals ~*

*„Shit, shit, shit, Mann! Wir müssen das in Ordnung bringen!“*

*Frank und Victor, die großen Kerle, stehen kurz vor einer Panik und gestikulieren hektisch, während ihre Blicke zwischen Joseph, mir und dem Körper auf dem Boden hin und her huschen.*

*„Was zum Teufel ist in dieses Kind gefahren?!“, brüllt Frank in meine Richtung.*

*Ich zucke zusammen, senke instinktiv meine Arme und halte immer noch die Waffe, die ich nicht halten sollte.*

*Big Joseph steht neben mir, aber anders als seine Handlanger wirkt er weder schockiert noch voller Panik. Er strahlt die gleiche ruhige Dominanz aus, die ihn immer umgibt.*

*Er ist mein Held, mein Idol. Ein Mann, der sein Wort hält, ein Mann mit Macht, und er besitzt diese Macht allein nur durch seine Präsenz. Ich will eines Tages so sein wie er.*

*Vielleicht ist es das, was mit mir nicht stimmt.*

*„Verdammte Scheiße, Mann!“, sagt Frank, als keiner ein Wort von sich gibt.*

*Ich weiche voller Angst zurück, als er sich mir nähert, aber zu meiner Überraschung tritt Joseph zwischen uns.*

*„Lass ihn in Ruhe!“, knurrt er Frank an, und sowohl dieser als auch Victor zucken zusammen, als ob sie geschlagen worden wären.*

*„Bist du noch ganz dicht, Mann?“ Frank spricht mit seinem Chef auf äußerst unpassende Weise. „Dieser Junge verspricht verdammten Ärger! Er hat den Kerl grad ohne Warnung erschossen!“*

*„Er hat uns bedroht“, versuche ich, mich zu verteidigen.*

*Jetzt lachen Victor und Frank.*

*„Uns?", wiederholt Frank immer noch lachend. „Wen nennst du hier* uns*, du kleiner Scheißer?"*

*„Lass den Jungen in Ruhe", wiederholt Joseph, dessen Stimme so tief und ruhig wie immer ist. Er steht immer noch zwischen mir und seinen wütenden Handlangern und verleiht mir damit ein Gefühl der Sicherheit, das ich nirgendwo anders jemals erfahren habe.*

*„Aber, Boss", wendet Victor ein. „Der Junge hat sich einfach in unsere Dinge eingemischt. Er sollte gar nicht hier sein!"*

*„Verdammt richtig", wirft Frank ein. „Dieser kleine Scheißer ist nichts als ein abgefuckter Dealer, ein Straßenkind. Warum ist er überhaupt hier?"*

*„Weil ich ihn hergebracht habe", erklärt Joseph ruhig.*

*Ich sehe ihn an, unsicher, was ich davon halten soll. Die Waffe liegt immer noch in meiner Hand und ich bin überrascht, dass sie mir bisher keiner abgenommen hat. Frank und Victor stellen dieselben Fragen, die mir selbst durch den Kopf gegangen waren, als Joseph mich hergebracht hat.*

*Ich war zuvor erst einmal hier gewesen. Es ist genau wie sie sagen: Ich gehöre nicht hierher. Ich arbeite draußen und verkaufe für Joseph und seine Leute. Dadurch habe ich mich nützlicher gefühlt, seit mein Vater weggelaufen ist und meine Mutter angefangen hat, mich zugunsten ihrer wechselnden Liebhaber zu vernachlässigen. In ihren Augen war ich mit vierzehn Jahren alt genug, um mich selbst zu versorgen, und ich wollte mich ihr beweisen. Wenn man die richtigen Leute kennt – und das tue ich –, ist das verflucht einfach, selbst in meinem Alter. Verdammt, ich verdiene vermutlich mehr Geld, als sie es jemals in ihrem Leben getan hat!*

*Joseph hat mich unter die Fittiche genommen, nachdem ich in einen Streit mit einem seiner Jungs geraten war. Was er mir angeboten hat, war besser als alles andere da draußen. Geld, Respekt, einen Ort, an dem ich Teil von etwas war. Von etwas Dunklem und Aufregenden. Er zwang mich, mit der Schule weiterzumachen, also gehorchte ich. Aber sobald der Unterricht endet, bin ich wieder bei der Arbeit. Ich bin ein guter Verkäufer, vor allem deshalb, weil ich mir nichts bieten lasse. Ich habe keine Angst, und wenn jemand versucht, mich zu verarschen, erlaube ich das nicht. Und wenn jemand versucht, ihn, Joseph, zu verarschen, stelle ich verdammt sicher, dass dieser Jemand nicht ungestraft damit davon kommt.*

*Der einzige Mann, vor dem ich wirklich Angst habe, ist Joseph. Wenn ich ihn verärgere, weiß ich, dass ich tief in der Scheiße stecken würde.*

*Warum also habe ich das gerade getan? Warum habe ich ihren Streit mit diesem Arschgesicht unterbrochen, indem ich ihn erschossen habe? Ich hätte das nicht tun dürfen, es gab keinen Befehl. Ich sollte nicht einmal diese Waffe in meiner Hand halten.*

*Joseph hat mich hergebracht, um mir etwas zu zeigen, und Victor und Frank waren mitten in einem Streit mit diesem Kerl, den ich noch nie zuvor gesehen habe. Es wurde laut und aggressiver, und als der Kerl anfing, Joseph zu bedrohen, habe ich rot gesehen. Ich habe mir die Waffe von einem Tisch neben mir geschnappt. Sie liegen überall hier unten, in jeder Ecke. Zum Selbstschutz.*

*Niemand hat erwartet, dass ich es tue, besonders nicht der besoffene Idiot, der nun tot zwischen uns liegt.*

*Warum war ich mir so sicher, dass ich das Richtige tue? Warum dachte ich, dass Joseph das gutheißen würde?*

*Etwas sagte mir, dass er es tun würde, und so, wie er mich vor seinen Leuten beschützt, scheine ich richtig zu liegen.*

„Er tat nur, was getan werden musste", sagt Joseph.

Victor und Frank starren ihn ungläubig an, genau wie ich.

„Eigentlich sollten wir ihn zu seiner großartigen Treffsicherheit und dem perfekten Timing beglückwünschen", fügt Joseph hinzu und dreht sich zu mir. „Das war ziemlich beeindruckend, Joe."

*Mars*, will ich ihn korrigieren. Ich hasse es, wenn die Leute mich bei meinem Vornamen nennen. Das ist der Name meines Vaters, so einfallslos und der Beweis des Desinteresses meiner Eltern an mir. Aber ich kann Joseph nicht korrigieren, nicht ihn. Besonders jetzt, als er mich während eines Augenblicks verteidigt, der möglicherweise ein Wendepunkt in meinem Leben werden könnte.

„Danke", sage ich stattdessen und versuche ruhig und selbstsicher zu klingen.

*„Leg jetzt die Waffe weg", sagt Joseph.*

*Ich nicke und lege die Pistole wieder auf den Tisch neben mir, auf dem ich sie gefunden habe. Victor und Frank starren uns an und beobachten schweigend, als Joseph sich mir nähert.*

*Er legt seine Hand auf meine Schulter, eine väterliche Geste, die mir bis zu diesem Moment unbekannt war.*

*„Sieh mich an", befiehlt er.*

*Ich zögere, fürchte immer noch seinen Zorn und eine so schlimme Bestrafung, dass ich sie mir nicht einmal vorstellen kann. Bei ihm weiß man es nie sicher. Vielleicht hat er nur darauf gewartet, dass ich unbewaffnet bin.*

*Aber als ich den Blick zu seinem hebe, sehe ich weder Wut noch Zorn.*

*Ich erkenne Bewunderung.*

*Joseph sieht mich so warm und liebevoll an, dass es auf eigene Weise regelrecht furchterregend ist.*

*Er nickt mir zu. „Du besitzt ziemliches Talent", sagt er. „Gute Treffsicherheit, gutes Timing, kein Zögern. Keine Gnade, wenn sie nicht notwendig ist. Das sind seltene Qualitäten, nicht wahr?"*

*Er stellt diese Frage in Richtung Victor und Frank, die beide widerstrebend nicken.*

*„Vielleicht ist es ja eine Verschwendung, dich weiter Drogen auf der Straße für uns verkaufen zu lassen“, fährt Joseph fort. „Wie wäre es, wenn wir dieses Talent besser einsetzen?“*

*Ich sehe zu ihm auf, unfähig zu begreifen, was vor sich geht. Ich habe noch nie solches Lob erhalten. Ein Talent. Etwas, das ich gut kann, nützlich. Besonders.*

*Dieser erste Schuss und das unerwartete Lob, das danach folgte – so hatte alles begonnen.*

Die Erinnerungen suchen mich immer noch heim. Jeder Tote, den ich seit diesem Tag gesehen habe. Meine Wahl der Waffe war kein Zufall. Ein Scharfschützengewehr minimiert den Kontakt, den ich mit den Opfern habe. Sie bleiben mir fern, selbst in ihrem Tod. Es gibt keine Nahansichten, die mich verfolgen, wenn ich es schaffe, diese kostbare Distanz zwischen mir und meinen Opfern zu behalten.

Ich habe mit meinem Talent Geld verdient und nie zweimal darüber nachgedacht – bis Joseph getötet wurde und sie mir nachgesetzt haben. Nicht die Mafia, sondern die Leute, die ich umgebracht habe. Es fühlte sich wie eine grausame Art der Vergeltung an, die ein Mann wie ich aber vermutlich verdient.

Das muss aufhören.

Ich bin so dicht dran. Ich werde *ihr* nicht erlauben, es zu ruinieren.

# Kapitel 17

*Nike*

„Hallo, meine Schöne“, begrüßt er mich und küsst meine Hand wie ein wahrer Gentleman. Ich werde angesichts dieser Geste rot.

Das ist neu. Er war von Beginn an seltsam schmeichelhaft und charmant, aber meine Hand hat er bisher noch nie so geküsst.

„Warum bist du heute so ungewöhnlich aufmerksam?“, frage ich und bemühe mich um einen selbstsicheren Tonfall, obwohl meine Stimme ziemlich zittrig ist.

„Du denkst, ich brauche einen Grund, um dich verzaubern zu wollen?“, erkundigt er sich. Es gibt immer diesen knisternden Unterton einer Bedrohung in seinen Worten, wenn er solche Dinge von sich gibt. Das verleiht ihm ein Feuer, das ich mit nichts vergleichen kann, was ich bisher mit anderen Männern erlebt habe. Als ob er unter seinem perfekten Äußeren etwas versteckt. Dahingehend bin ich mir sicher, weil wir alle unsere kleinen Geheimnisse haben – ich vor allen Dingen sollte das wissen. Aber bei ihm ist es, als ob diese zusätzlichen Schichten sich in meiner Reichweite und doch so weit entfernt befinden. Trotz seines manchmal mysteriösen Verhaltens und der subtilen Hinweise hat er sich mir gegenüber nie geöffnet, und ich habe immer noch das Gefühl, als ob ich kaum etwas von ihm weiß.

Er nimmt meine Hand und führt mich in das Restaurant, das heute für unser Abendessen sorgen wird. Wir waren schon mal hier, in diesem italienischen Ambiente, das auf sehr elegante Weise traditionelle und einfache Gerichte serviert. Allein könnte ich mir das nie leisten und das erste Mal, als er mich hergebracht hat, war ich sehr zögerlich, doch er bestand darauf, mich einzuladen, was zu seinem Charme als klassischer Gentleman beitrug.

Er bestellt zwei Gläser Champagner für uns, als der Kellner unsere Bestellung entgegennimmt. Heute muss etwas Besonderes sein.

„Champagner?“, frage ich und neige den Kopf, als ich ihn neugierig ansehe. „Das ist ungewöhnlich. Ernsthaft, was ist der Anlass?“

Er wirft mir ein mysteriöses Lächeln zu. „Mir ist einfach danach.“

„Warum auf einmal? Normalerweise trinkst du nicht einmal ein Glas Wein zum Essen.“

Sein Blick flackert. Er sieht mich an, als ob ich ihn dabei erwischt hätte, etwas Falsches getan zu haben.

„Ich meine, das ist vollkommen in Ordnung“, füge ich daher hinzu. „Es ist nur etwas, das ich bemerkt habe.“

„Was hast du bemerkt?“, fragt er und klingt argwöhnisch.

„Dass du nicht viel trinkst. Oder ... überhaupt nicht. Jetzt, da ich darüber nachdenke.“

Es kam mir nie seltsam oder verdächtig vor, aber jetzt, wenn ich alles Revue passieren lasse ... er hat in meiner Gegenwart nicht mal einen kleinen Drink zu sich genommen. Es ist ungewöhnlich, dass ein Mann wie er kein einziges Mal trinkt. Zumindest in meinen

Augen. Es gibt nur sehr wenige Leute, die Alkohol vollkommen meiden.

Trockene Alkoholiker zum Beispiel.

Könnte das auf ihn zutreffen?

Oh, Gott, habe ich gerade ein unangenehmes Thema angeschnitten? Ist das der Grund, weshalb er aussieht, als ob ich ihn dabei erwischt habe, wie er die Keksdose plündert?

„Es tut mir leid, wenn ich ..."

„Nein, nein", sagt er. „Mach dir keine Gedanken. Ich bin nur überrascht, dass es dir aufgefallen ist."

Wir wechseln einen Blick.

„Wirkt es für dich seltsam, dass ich nicht trinke?", fragt er.

Ich schüttle den Kopf. „Ich würde es nicht seltsam nennen. Nur ... selten."

Er lacht leise. Es ist ein tiefer Klang, der etwas herablassend klingt. „So könnte man es vermutlich nennen. Aber ich versichere dir, dass dahingehend mit mir alles in Ordnung ist. Ich trinke nur zu sehr seltenen Gelegenheiten. Es ist keine Angewohnheit von mir, wie es für dich vielleicht wirken mag."

Er zwinkert mir zu, um mir zu zeigen, dass er mich neckt, aber ich fühle mich dennoch unwohl bei seinen Worten.

„Ich weiß nicht, ob Angewohnheit das richtige Wort ist", sage ich. „Wenn es eine Angewohnheit ist, dann sicher keine gute."

Als ob sich das Universum noch mehr über mich lustig machen will, taucht in dem Moment der Kellner mit unserem Champagner auf und stellt zwei grazile Gläser auf den Tisch zwischen uns.

Mars hebt seines sofort und deutet mir, es ihm nachzutun. „Auf Angewohnheiten", sagt er. „Gute und schlechte."

Wir stoßen an, und ich nippe vorsichtig, um nicht so durstig zu wirken, wie ich in Wahrheit bin. Der Champagner schmeckt göttlich, nicht so süß wie der Perlwein, den ich häufig trinke, sondern auf ganz eigene Weise äußerst angenehm. Auf einmal verstehe ich, was die Menschen meinen, wenn sie sagen, dass ein Getränk sich seidig anfühlt.

„Schmeckt er dir?", fragt er, weil er offensichtlich den zufriedenen Ausdruck auf meinem Gesicht bemerkt.

„Eine sehr gute Wahl.“ Ich nicke eifrig. „Na ja, du weißt das vermutlich nicht bei deiner wenigen Erfahrung.“

Er runzelt die Stirn und wechselt zu dem düsteren Blick, den ich so gerne mag. Ich genieße es, ihn zu necken, einfach nur, um zu sehen, wie seine Miene sich zu diesem düsteren und leicht verwirrten Ausdruck verändert.

„Was soll das bedeuten?“, knurrt er.

„Nun, du hast ja festgestellt, dass ich aufgrund meiner Angewohnheit, regelmäßig etwas zu trinken, eine ziemliche Expertin auf diesem Gebiet sein muss, während du ...“ Ich halte inne, um es zu betonen. „Du hast wohl keine Ahnung davon, da du nie trinkst. Und du solltest vermutlich vorsichtig sein, da dich dieses eine Glas schon ein wenig beschwipst machen könnte.“

„Du kleiner Frechdachs“, sagt er. Immer noch steckt dieses tiefe Knurren in seiner Stimme und das sexy Stirnrunzeln liegt auf seinem Gesicht. „Pass besser auf, was du sagst, junge Dame. Fordere mich nicht dazu heraus, dir zu beweisen, wie falsch du liegst.“

„Falsch?“

„Ich muss nicht deine schlechten Angewohnheiten übernehmen, um Alkohol besser zu vertragen als ein zierliches kleines Wesen wie du."

„Ach, wirklich?", führe ich mein lächerliches Necken fort. Ich habe keine Ahnung, wohin mich das führen wird, aber aus irgendeinem Grund finde ich die Vorstellung davon, diesen starken, großen Mann ein wenig angeheitert zu erleben, sehr amüsant. Es wäre bestimmt lustig, gemeinsam betrunken zu sein. Nicht zu besoffen, sondern einfach etwas beschwipst, um die Wände einzureißen, die er um sich herum aufgebaut hat. Vielleicht würde das helfen, ihn zum Reden zu bringen. Ich würde mir so sehr wünschen, dass er sich mehr öffnet und mir endlich zeigt, wer dieser Mensch ist, der mich so verwirrt.

„Dann lass uns doch einen weiteren Drink bestellen", schlage ich vor. „Ich bin mir sicher, sie haben hier eine schöne Auswahl an Wein und Grappa."

Er sieht mich an und runzelt erneut die Stirn, während er darüber nachdenkt.

„Hast du Angst?", necke ich ihn.

„Es gibt nichts, wovor ich Angst haben müsste“, erwidert er. „Ich habe nur darüber nachgedacht, welcher Drink am besten zu unseren Gerichten passt.“

„Natürlich.“ Ich zwinkere ihm zu.

Am Ende bestellen wir Rotwein zu unserem Essen, etwas, das er noch nie zuvor getan hat, zumindest nicht für sich selbst. Er meint, dass ich stattdessen Weißwein nehmen sollte, weil es besser zu meinem Pastagericht passen würde. Aber ich bestehe darauf, dass wir genau die gleichen Getränke zu uns nehmen und genau dieselbe Menge.

„Woher wollen wir sonst wissen, wer es besser verträgt?“, habe ich gefragt, und er hat nur mit den Achseln gezuckt und bestellt.

Das Essen ist so unglaublich wie immer. Ich bin am Verhungern und muss mich zusammenreißen, dass ich nicht wie ein Schwein aus seinem Trog alles in mich hineinschaufle. Ich bin immer noch erstaunt, wie es manchen Leuten möglich ist, etwas so Alltägliches wie Pasta so köstlich schmecken zu lassen. Ich bin sicher, dass Amanda mir ein paar Tricks beibringen könnte, obwohl sie selbst keine Sterneköchin ist.

Wir unterhalten uns beim Essen, wie immer, aber die Konversation bleibt weiterhin an der Oberfläche, wie bei jedem anderen Date. Ich habe nicht erwartet, dass er sich nach ein paar Schluck Wein mir gegenüber öffnet, aber als wir die Flasche geleert haben, ist mir etwas schwindlig, während er noch nicht den Anschein macht, als ob der Alkohol einen Effekt auf ihn hätte.

Trotzdem bin ich diejenige, die ihn drängt, eine weitere Flasche zu bestellen. Ich weiß, dass das vermutlich keine gute Idee ist und ich am nächsten Morgen wahrscheinlich Kopfschmerzen haben werde. Es wäre klug, einfach nur ein Glas Wasser zu bestellen und meine Niederlage einzugestehen.

Ich hasse es aber zu verlieren und falschzuliegen. Ich mag lächerlich stur sein, aber ich habe mir vorgenommen, dass ich diesen Mann heute Abend zumindest ein wenig seiner schützenden Kontrolle verlieren sehen werde.

Der Kellner räumt unseren Tisch ab und ersetzt die leere Flasche mit einer neuen. Ich weiß, dass es ziemlich teuer sein muss, aber ich habe gelernt, dass ich meine Sorgen dahingehend für mich behalten muss. Mars würde nur genervt und wütend werden, wenn ich das Thema anschneide.

Wir stoßen erneut an, und meine Hand ist die einzige, die zittert.

Er beobachtet mich und lässt den Blick kein einziges Mal von mir, als er erneut das Glas an die Lippen hebt. „Du weißt schon, dass ich dich nicht weitertrinken lassen werde, wenn ich merke, dass es dir nicht gut geht“, sagt er.

Ich hebe die Augenbrauen. „Ach, wirklich?“ Ich versuche zu klingen, als ob ich nicht wüsste, wovon er spricht. „Mir geht es auf jeden Fall sehr gut, vielen Dank. Es gibt keinen Grund, sich Sorgen zu machen.“

„Das tue ich nicht. Du bist in Sicherheit, solange du bei mir bist. Ich frage mich nur, wie oft du das tust.“

„Was genau?“

„Mehr trinken als du solltest.“

Ich atme hörbar aus. „Entschuldige, aber du klingst langsam wie mein Vater. Ich habe dir gesagt, dass ich viel vertrage, aber das bedeutet nicht, dass ich das jeden Tag tun würde.“

„Oder jedes Wochenende?“

„Nicht einmal dann“, antworte ich entrüstet. „Du weißt schon, dass zwischendurch ein Drink gesund für einen ist? Besonders das hier." Ich hebe mein Glas. „Rotwein ist gut fürs Herz."

„Ich bin mir sicher, dass da von kleinen Mengen die Rede ist", sagt er.

Unser Necken und Spötteln geht noch eine Weile weiter, während die zweite Flasche immer leerer wird. Es dauert ein wenig, aber als ich klug genug bin, zwischendurch ein paar Gläser Wasser zu mir zu nehmen, bemerke ich, dass seine Wangen rot werden. Seine Sprache wird etwas undeutlicher, und als er sich auf seinem Stuhl bewegt, ähnelt das überhaupt nicht mehr den fast steifen und kontrollierten Bewegungen, die er normalerweise zeigt. Ich weiß, dass er versucht, es vor mir zu verbergen, wie ich es auch ihm gegenüber bezüglich meines Schwips versuche.

Er wird auch gesprächiger. Es ist selten, dass er lächelt oder laut lacht, aber jetzt, da der Wein ihn locker gemacht hat, entspannt er sich in meiner Nähe mehr als jemals zuvor.

Es ist erfrischend zu sehen, wie er sich sichtlich wohl fühlt, wenn wir etwas anderes tun, als miteinander zu schlafen. Er ist immer so ernst und der Geschäftsmann, der er den ganzen Tag sein muss. Ihn etwas spielerisch zu erleben ist ein Kompliment, weil ich das Gefühl habe, dass er mir eine Seite von sich zeigt, die nicht viele Menschen zu sehen bekommen.

Er ermutigt mich auch, ihm von mir zu erzählen, aber nicht auf diese gruselige und neugierige Art wie zuvor.

„Du meintest, dass dein Beruf darin besteht, Geschichten aufzupolieren?“, fragt er zwischendurch einmal. „Welche Art von Geschichten?“

Ich lächle, geschmeichelt, dass er sich an meine Formulierung von unserem ersten Treffen erinnert. „Vor allem Krimis und Thriller“, antworte ich. „Manchmal sind das sehr düstere Sachen.“

Sein Blick flackert und er nimmt einen weiteren Schluck von seinem Wein. „Verstehe“, sagt er. „Gefällt dir das?“

„Meinst du die Romane?“

„Ja, natürlich“, sagt er. „Im wahren Leben würde ja niemand mit so was in Berührung kommen wollen, oder?“

Seine Stimme und sein Gesichtsausdruck sind düster geworden. Er sieht fast so aus, als ob er leiden würde.

„Ja, vermutlich“, erwidere ich. „Aber ja, ich mag sie. Ich würde gerne mal einen eigenen schreiben.“

„Ich dachte, du wärst keine Geschichtenerzählerin? Arbeitsteilung und so."

Verdammt, jetzt hat er mich. Ich habe nicht erwartet, dass er bei unserer ersten Begegnung so genau zuhört. „Okay, da habe ich ein wenig gelogen", gebe ich zu. „Ich würde gerne meine eigene schreiben und veröffentlichen."

„Was hält dich davon ab?"

Ich zucke mit den Achseln. „Vielleicht nur ein Mangel an Inspiration."

„Inspiration, hm?" Er wirft mir ein seltsames Lächeln zu, in dem ein Hauch Traurigkeit liegt. „Ich dachte, du bekommst viele Ideen durch andere, bei der Menge an Büchern, die du liest."

„Natürlich, aber die sagen mir meist nur, was andere zuvor getan haben ..."

Ich zögere. Wenn ich auf Inspiration aus dem wahren Leben hoffe, sollte ich vielleicht überlegen, ob ich etwas aus diesem furchtbaren Vorfall mache. Eine kalte Faust schließt sich um mein Herz, als ich darüber nachdenke.

Nein. Ich glaube, das würde nicht funktionieren. Zumindest nicht, bis ich eine Art Frieden mit dieser Erfahrung schließen konnte. Vielleicht, wenn sie den

Kerl schnappen. Vielleicht, wenn ich wüsste, wer er ist und wo er ist.

Das würde wirklich helfen.

„Vielleicht erhältst du eines Tages deine Inspiration“, sagt Mars, womit er meine Gedanken unterbricht. Er zwinkert mir zu. „Ich bin mir sicher, du würdest etwas Tolles daraus machen.“

Ich lächle. „Wer weiß?“

„Ich denke, es ist an der Zeit zu gehen“, verkündet er. Sein Gesicht glüht, aber nicht nur dank des Alkohols. Sein grimmiger Gesichtsausdruck ist verschwunden, und er wirft mir ein warmes Lächeln zu.

Er sieht so anders aus, so ... glücklich.

Ich fühle mich seltsam geschmeichelt nur dadurch, wie er lächelt, als wir gemeinsam das Restaurant verlassen. Er hat den Arm um mich gelegt und mich an seine Seite gezogen, während wir nach draußen gehen.

„Wie fühlst du dich?“, fragt er, sobald wir nebeneinander im Taxi sitzen.

„Wunderbar. Nüchtern“, lüge ich, obwohl sich mir der Kopf dreht. Wir waren lange im Restaurant und haben sogar einen Nachtisch bestellt, um ihn mit der zweiten Flasche Wein zu kombinieren. Ich kann mich nicht daran erinnern, wann ich das letzte Mal eine ganze Flasche Wein getrunken habe, selbst wenn es den ganzen Abend umfasst hat.

Er lacht und schüttelt ungläubig den Kopf. „Du magst nicht bereit sein, es zuzugeben, aber ich bin es. Ich leugne nicht, dass mir ziemlich schwindlig ist."

„Natürlich", sage ich und zwinkere. „Anfänger."

Er kneift in meinen rechten Schenkel. „Den Spruch wirst du noch bereuen, junge Dame."

# KAPITEL 18

*Mars*

Sex hat es nicht geschafft. Mein Charme hat es nicht gebracht.

Vielleicht wird Trunkenheit endlich dafür sorgen. Sie war angeheitert, als wir uns auf der Benefizveranstaltung getroffen haben, aber seither hatte sie nie mehr als ein oder zwei Drinks in meiner Gegenwart. Damals war ich einfach ein Fremder für sie, ein Kerl, den sie angesprochen hat, weil sie mit ihrer Freundin eine Abmachung hatte.

Als sie vorschlug, dass wir mehr als ein paar Gläser zusammen trinken, habe ich hauptsächlich zugestimmt, um nicht mein Gesicht zu verlieren. Es war schlimm genug, dass sie meine Vorsicht bezüglich alkoholischen Getränken überhaupt bemerkt hat. Ich will nicht, dass sie mich für seltsam hält, für ungewöhnlich. Sie soll nicht glauben, dass etwas mit mir nicht stimmt.

Ich wusste, dass es riskant war, aber mit jedem weiteren Glas war es mir mehr und mehr gleichgültig geworden. Ich machte mir nicht nur weniger Sorgen, sondern mir fiel auch noch ein guter Grund ein, weshalb wir miteinander trinken sollten.

Ich bin inzwischen so etwas wie ihr Freund, ihr fester Partner – ein Mann, dem sie bis zu einem bestimmten Punkt vertraut. Sie könnte sich mir jetzt anvertrauen, wenn sie unter dem Einfluss dieses flüssigen Gifts steht, das die Macht hat, Menschen dazu zu bringen, ihre Hemmungen zu verlieren. Es ist nur eine weitere Gelegenheit für mich, um herauszufinden, ob sie wirklich nicht weiß, wer ich bin.

Sie stolpert neben mir, als wir meine Wohnung betreten. Ich weiß, dass sie immer noch versucht zu verbergen, wie betrunken sie wirklich ist, aber es entgeht mir nicht, keine Sekunde lang. Ich habe genug Zeit unter Betrunkenen verbracht, um die Anzeichen zu sehen und die Stufe ihres Rausches zu erkennen.

„Du hast immer noch keine Möbel!“, ruft sie, sobald wir mein Wohnzimmer erreichen.

Sie dreht sich zu mir um und ihr Kleid wirbelt um ihre zierliche Figur. Ich will es ihr von ihrem verführerischen Körper reißen und sie gegen die Wand meines unmöblierten Wohnzimmers vögeln, aber so, wie ich mich gerade fühle, weiß ich nicht einmal, ob ich überhaupt geradestehen kann.

Dieser verdammte Alkohol. Mein Kopf dreht sich weitaus mehr als mir gefällt. Sie ist diejenige, die die Kontrolle verlieren soll, nicht ich, verdammt noch mal!

„Arbeit“, lamentiere ich und nähere mich ihr, um einen kleinen Vorgeschmack von ihren farbenfrohen Lippen zu nehmen. Sie sieht aus benebelten Augen zu mir auf. Denselben Augen, die gesehen haben, wie ich meinen letzten Mord auf diesem Dach vorgenommen habe. Jetzt, unter dem Einfluss von Wein, haben sie ihre Tiefe ein wenig eingebüßt.

Auf einmal macht mich ihre Unwissenheit stocksauer.

Wieso erkennt sie nicht, wie gefährlich ihre Lage ist? Wieso sieht sie nicht, wer ich bin? Ich bin nun lang genug mit ihr ausgegangen und habe sie lang genug gevögelt, um zu wissen, dass sie alles andere als dumm ist. Sie ist so sensibilisiert, so aufmerksam und klug – wie kann ihr das entgehen?

„Was ist los?“, fragt sie und ihre Stimme zittert, als ich die Hände an ihre Wangen lege und ihr Kinn hebe, bis sie mich direkt ansieht. Ich beuge mich vor, bis unsere Nasen sich fast berühren und ich ihren giftigen Atem auf meinem Gesicht fühle.

Ihre Wangen sind gerötet und sie atmet unregelmäßig, bis ihre herrliche Brust sich hektisch hebt. Sie starrt aus weit geöffneten Augen zu mir auf, aber darin liegt keine Furcht, nur trunkene Verwirrung.

„Mars“, flüstert sie, bevor sie die Lider schließt und den Kopf zurück neigt, schweigend um einen Kuss bittet. Einen Kuss, den ich ihr jetzt nicht geben werde.

Stattdessen lasse ich sie los und ziehe mich zurück. Sie reagiert genauso, wie ich es erwartet habe, öffnet die Augen und sieht mich fragend an.

Sie sieht so unschuldig, so nichtsahnend aus – und gerade hasse ich diesen Anblick.

Die Atmosphäre zwischen uns hat sich radikal geändert, und sie spürt es. Während wir vor ein paar Minuten noch rumgeflaxt haben, herrscht nun eine unangenehme Spannung, die von mir geschaffen wurde.

Viele Männer werden aggressiv, wenn sie trinken; vielleicht bin ich einer davon. Ich muss vorsichtig sein, weil ich ihr nicht wehtun will.

*Fuck*. Ich will ihr nicht wehtun. Noch vor ein paar Wochen war ich bereit, sie zu töten. Fast. Damals konnte ich es nicht tun, und ich bin mir verdammt sicher, dass ich es jetzt nicht kann. Alles, was ich will, ist sie vor Männern wie mir zu schützen, weil ich weiß, dass es sie da draußen gibt und sie die Gefahr offensichtlich nicht sieht, selbst wenn sie direkt vor ihr steht.

Aber vor allem will ich ihr nahe sein. Ich will in ihr sein, nicht nur körperlich. Ich will wissen, was in ihrem hellen Köpfchen vor sich geht, hinter diesen aufmerksamen Augen, die vor nur ein paar Wochen etwas Schreckliches beobachtet haben.

Ein seltsamer Teil von mir will, dass sie diese Erinnerung mit mir teilt. Mir sagt, was sie in jener Nacht gedacht hat, als sie gesehen hat, wie ich einen Mann erschossen habe. Ich will wissen, warum sie überhaupt auf diesem Dach war, was sie in jener Gegend getrieben hat – und ob sie in der Lage sein wird, jemals diesen schrecklichen Vorfall zu vergessen, dessen Zeuge sie wurde. Ich will wissen, ob er sie verfolgt, ob sie deshalb Alpträume hat ... wegen mir. Und ich will wissen, ob es etwas gibt, das ich tun kann, damit sie es vergessen kann, nicht nur um meinetwillen, sondern auch um ihrer selbst willen.

Es ist unmöglich, dass sie es vergessen hat, außer sie leidet an einer seltenen Art von Gedächtnisverlust wegen des Schocks.

Ist es das, was mit ihr passiert ist? Ist es das, warum sie nie zur Polizei gegangen ist oder jemandem davon erzählt hat?

Natürlich kann ich mir bei Letzterem nicht sicher sein, aber ich habe das Gefühl, dass ich sicher davon ausgehen kann, dass sie es nicht mal ihrer engen Freundin gegenüber erwähnt hat.

Wenn ich nur wüsste ...

„Sag es mir“, sage ich seltsam tief und mürrisch.

Sie neigt den Kopf fragend zur Seite. „Was soll ich dir sagen?“

Ich schüttle den Kopf, mehr für mich selbst denn als Geste ihr gegenüber. Natürlich kann ich sie nicht fragen. Ich wünschte, es wäre so einfach.

Diese Unsicherheit bringt mich noch um.

„Mars?“

Ihre fragende Stimme folgt mir, als ich mich umdrehe und zur Küche gehe.

„Wir brauchen Wasser“, beschließe ich.

Sie antwortet nicht, wartet aber gehorsam neben mir, als ich uns beiden je ein Glas einschenke. Ich reiche ihr eines und sehe zu, wie sie es mit einem Schluck leert.

„Geht es dir gut?“, erkundigt sie sich, nachdem sie das leere Glas auf die Theke gestellt hat. „Du bist so komisch.“

„Du hast gewonnen“, sage ich und beschließe, meine Strategie zu ändern. Sie mag sich mir nicht willentlich auf eine Weise öffnen, die ich von ihr bräuchte, nur weil sie betrunken ist, aber es gibt etwas, das ich noch nicht versucht habe: mich ihr als erstes zu öffnen. Natürlich nur ein bisschen. Ich werde ihr nichts sagen, dass sie nicht wissen muss, nichts, was sie nicht nur in Gefahr bringen, sondern sofort weglaufen lassen würde.

„Ich habe gewonnen?“, fragt sie mit einem frechen Lächeln auf den Lippen. Es ist ein Jammer, dass eine schöne Frau wie sie einem Monster wie mir in die Hände gefallen ist.

Und sie hat immer noch keine Ahnung. Sie denkt gerade nur, dass sie vielleicht eine kindische Wette gegen mich gewonnen hat, eine Art Spiel, wie es nur Teenager spielen würden.

„Du gibst deine Niederlage zu?“, erkundigt sie sich. „Ist dir etwa ein wenig schwindlig?“

Ihre dumme Naivität macht mich wahnsinnig, aber ich werde ihr diesen kleinen Sieg zugestehen. Sie wird schon viel zu bald dafür bezahlen.

„Ein wenig Übung mag einen Unterschied machen“, gebe ich zu. „Aber ich weiß nicht, ob du darauf stolz sein solltest, einen erwachsenen Mann wie mich unter den Tisch trinken zu können.“

„Doch, bin ich“, sagt sie und zwinkert mir zu.

Sie kommt näher, legt die Hände an meine Taille und zieht mich so nahe, dass mein Becken sich gegen ihre Hüfte drückt. Sie hat sich mir nie so genähert, sondern immer darauf gewartet, bis ich den ersten Schritt mache.

„Was bekomme ich als Belohnung?“, will sie wissen und klimpert verführerisch mit den Wimpern.

Mir ist so verdammt schwindlig. Normalerweise würde ich sie in einem solchen Augenblick hoch heben, ihre Hüfte packen und sie ihre Beine um mich schlingen lassen, während ich sie ins Schlafzimmer trage. Aber der verdammte Wein hat mich so geschwächt, dass ich weiß, dass mir das derzeit unmöglich ist. Es ist überraschend genug, dass mein Schwanz immer noch in der Lage ist, auf ihre Berührung zu reagieren.

Sie bemerkt es auch und beginnt damit, die wachsende Wölbung zwischen meinen Beinen zu streicheln. Was auch immer ich für einen Plan hatte, um sie heute Abend zum Reden zu bringen, muss warten – ich brauche sie. Ich muss sie ficken, bevor ich auch nur daran denken kann, etwas anderes zu tun.

„Ich bin mir sicher, mir fällt etwas ein", sage ich und öffne meinen Gürtel.

Ihre Augen funkeln vor Aufregung und sie protestiert spielerisch, als ich die Hand an ihren Hinterkopf lege und sie auf die Knie zwinge.

Ihre sofortige Bereitwilligkeit gefällt mir so, dass ich hart werde, noch bevor sie meine Hose hinabzieht. Sie beugt sich vor und beginnt, die Spitze meines Schwanzes zu lecken. Ihre Berührung ist vorsichtig und zurückhaltend, und sie will mich damit necken.

Aber das ist nicht das, wonach mir gerade der Sinn steht. Ich ziehe sie nach vorn und genieße das erstickte Stöhnen, das sie ausstößt, als ich meine ganze Länge in ihren Mund schiebe. Sie müht sich ab und würgt und versucht, sich instinktiv von mir wegzuschieben, aber ich stelle sicher, dass ich sie an Ort und Stelle halte.

Sie ist so ein braves Mädchen. Zu brav. So naiv und unschuldig, unfähig Böses zu sehen, selbst wenn es sich direkt vor ihr befindet.

Ich lasse sie atmen und beobachte, wie sie hustet und spuckt, nachdem ich sie losgelassen habe. Sie sieht mit einem neckischen Lächeln zu mir auf, die Wangen gerötet während Speichel an der Seite ihrer Mundwinkel herunter läuft.

Ich erwarte, dass sie sich beschwert und mich daran erinnert, dass sie diejenige ist, die unsere kleine Wette gewonnen hat und jetzt eine Belohnung verdient, aber sie sagt nichts dergleichen.

Stattdessen leckt sie sich über die Oberlippe und flüstert: „Danke."

Ihre Worte senden einen glühend heißen Schauder durch meinen Körper. Wie kann sie gleichzeitig so unschuldig und so verdammt sexy sein? Dieses freche kleine Ding.

Ihre dunklen, ahnungslosen Augen richten sich auf mich und warten auf eine Reaktion.

Darauf muss sie nicht lang warten.

Ich packe eine Handvoll ihres Haars an ihrem Hinterkopf und zwinge sie wieder zurück auf die Beine. Sie kämpft darum, nicht das Gleichgewicht zu verlieren, aber ich gebe ihr kaum die Zeit, auszubalancieren, bevor ich sie hochhebe und auf die Küchentheke setze. Meine Bewegungen sind ungeschickt, geschwächt von diesem verdammten Gift, aber ich schaffe es, sie genau dort zu platzieren, wo ich sie haben will.

Ich schiebe die Hände unter ihr Kleid und erreiche den Bund ihrer Strumpfhose. Sie hilft mir, indem sie ihren sexy Hintern hebt, damit ich diese und ihren Slip in einem nach unten ziehen kann, wobei ich sie zerreiße. Der Klang ihrer nackten Hinterbacken, als sie wieder auf der Theke landet, macht mich wahnsinnig.

Sie ist ein braves Mädchen und spreizt eifrig die Beine für mich, während sie aus trunkenen Augen zu mir aufblickt. Ihr Mund steht leicht offen und sie atmet schwer.

„Was willst du?“, frage ich, stehe sehr dicht vor ihr, nah, sehr nah, und reibe meine Erektion, die immer noch nass von ihrem Speichel ist.

„Fick mich“, haucht sie kaum hörbar.

„Was?“, frage ich und verenge die Augen, als ob ich sie bedrohe.

Ich mache einen Schritt nach vorn, eine Hand immer noch um mein Glied gelegt, während ich sie mit der anderen berühre. Sie stöhnt und wirft in verzweifeltem Verlangen den Kopf zurück, als meine Fingerspitzen ihre nasse Öffnung erreichen. Ich teile ihre Schamlippen mit zwei Fingern und benutze den Daumen, um ihre geschwollene Klit zu streicheln.

„Ich habe dich nicht gehört. Lauter“, befehle ich.

Ihre Antwort besteht aus einem weiteren Stöhnen. Sie schiebt die Hüfte vor und will mehr. Ihre lasziven Bewegungen machen mich extrem an. Es ist schwer, mich zurückzuhalten, statt mich wie ein wildes Tier in sie zu rammen.

Aber ich will, dass sie es sagt. Laut und deutlich. Ich will nicht nur sehen, wie sehr sie das hier will, ich will es auch hören.

„Fick mich", fleht sie, diesmal lauter. „Bitte, Mars. Fick mich."

Ich kann fühlen, wie sich ihre nasse Pussy um mich herum zusammenzieht und genauso nach meinem Schwanz bettelt wie ihre Worte. Ich fasse es nicht, wie angeturnt sie ist – genau wie ich. Die Luft zwischen uns ist mit Lust und Verlangen gefüllt und wird von der Gefahr begleitet, die unsere Beziehung würzt.

Eine Gefahr, die ihr immer noch unbekannt ist.

Sie seufzt enttäuscht, als ich meine Finger zurückziehe. Aber ihre Augen leuchten aufgeregt auf, als sie sieht, dass ich sie mit meiner pochenden Härte ersetzen werde. Normalerweise würde ich sie mit der Spitze necken, bevor ich ihr alles gebe, und sie nach mehr betteln lassen.

Aber nicht heute.

Sie atmet hörbar aus, sobald sie meine ganze Länge mit einem einzigen gnadenlosen Stoß aufnimmt. Sie ist so bereit für mich. Ich gleite mit Leichtigkeit in ihre warme Mitte.

„Mars", haucht sie.

Ihr Blick ruht auf mir, vernebelt vor Lust, aber einen Augenblick lang scheint etwas anderes darin zu schimmern.

Erkenntnis.

Ein paar Sekunden lang wirkt es, als ob sie es wüsste. Als ob sie sich bewusst ist, dass ich der Mann bin, den sie in jener Nacht gesehen hat. Der Killer. Der Mann, der ihr nachgesetzt hat und versucht hat, auch sie zu töten. Der Mann, vor dem sie geflohen ist.

*Quatsch. Das bilde ich mir ein.*

Natürlich weiß sie es nicht, und sobald ich mich selbst daran erinnern kann, verschwindet auch dieses angebliche Schimmern von Erkenntnis aus ihren schönen Augen.

Statt mich in ablenkenden Hirngespinsten zu verlieren, beginne ich, in ihre Enge zu stoßen. Ihr ganzer Körper bebt und zittert und reagiert auf meine Bewegungen auf äußerst verführerische Weise.

Bald, viel zu bald fühle ich, wie sich ihre Muskeln um mich zusammenziehen, als sie mit den Augen rollt und ihr Kopf zurückfällt, während sie ihren Höhepunkt erlebt.

Sie ist zu schön, zu verdammt sexy. Ich habe keine andere Wahl, als ihr zu folgen.

# KAPITEL 19

*Nike*

Meine Beine zittern während der Rausch langsam abklingt. Ich höre mein Herz aufgeregt schlagen, während es das Blut in schweren Wogen durch meinen Körper zu stoßen scheint.

Es könnte so schön sein.

Ich sitze immer noch auf der Küchentheke, mit meinem nackten Hintern auf dem kühlen Marmor, während ich ihn beobachte.

Er hat mir einen Kuss auf die Stirn gegeben und dann gesagt, dass er eine Dusche braucht.

„Kommst du mit?“, hat er gefragt, und ich habe genickt bevor er sich umgedreht hat und in leichten Schritten davon gegangen ist.

Pfeifend.

Ich erstarre.

Es sind nur ein paar Töne, eine sehr kurze, melancholische Melodie. Im Grunde ein schönes Lied.

Ein schönes Lied, das ich mit einer dunklen Erinnerung verknüpfe.

Wochen sind vergangen und ich habe all meine Stärke und meine Anstrengung investiert, um diese schreckliche Nacht zu vergessen. Ich habe sie wie einen schlechten Traum, einen Alptraum, der mich weiterhin verfolgt, beiseite geschoben, bis ich sie endlich wegsperren konnte. Eine große, schwere Tür hält diesen Teil meiner Erinnerungen unter Verschluss.

Und jetzt hat er diese Tür geöffnet.

Eine grauenhafte Erkenntnis schließt ihre kalten und unheilvollen Hände um meinen Hals.

Im Grunde bin ich von mir selbst erstaunt, dass ich die Melodie sofort erkannt habe. Immerhin habe ich sie nur ein einziges Mal gehört, draußen, auf einem Dach, überdeckt vom Wind und aus einiger Entfernung.

Aber ich bin mir zweifellos sicher, dass es die dieselbe Melodie ist.

Mars hat gerade dasselbe Lied gepfiffen wie der Killer in jener Nacht auf dem Dach.

Es könnte ein Zufall gewesen sein, es könnte nichts bedeuten. Vielleicht ist es nur ein Liedchen, das viele Leute kennen und pfeifen, wenn sie in ihren Gedanken verloren sind. Es mag nichts als Zufall sein, ein grausamer Streich, den das Universum mir spielt, um mich zu verhöhnen.

Oder es ist dieser verdammte Alkohol. Bilde ich mir das ein? Bin ich immer noch so betrunken?

Nein. Es ist weder ein Zufall noch meine Einbildung. Etwas sagt mir, dass es das nicht ist.

Es ist dasselbe Lied, gepfiffen von demselben Mann.

Dem Mann, der auf unsicheren Beinen von mir weg geht, seinen schönen Rücken mir zugewandt, als er ins Bad wandert. Dem Mann, der mich gerade gevögelt hat, wie schon so viele Male zuvor.

Dem Mann, in den ich dabei war, mich zu verlieben.

Er pfeift nicht länger, als ob er seinen Fehler bemerkt hat.

Falls es überhaupt ein Fehler gewesen ist.

Vielleicht erinnert er sich nicht daran, dass er dasselbe Lied in jener Nacht gepfiffen hat, als er einen Mann getötet hat. Vielleicht ist er sich nicht bewusst, was er getan hat.

Oder er hat es absichtlich gemacht.

Er hält inne, kurz bevor er die Tür zum Bad im offenen Flur erreicht, und dreht sich zu mir. Sein Blick fällt auf meinen, und ich hoffe verzweifelt, dass er nicht den Schock auf meinem Gesicht sieht.

Ein paar schmerzhafte Momente sieht er mich mit unlesbarer Miene an, bevor er fragt: „Kommst du?"

Ich nicke. „Ja, bin gleich da. Geh ... du schon vor."

Er hebt verwirrt die Augenbrauen, dreht sich aber um und verschwindet im Badezimmer.

Ich höre meinen Herzschlag in meinem Kopf dröhnen.

Das erklärt so vieles. Es mag ein furchtbarer Zufall gewesen sein, dass ich mich in jener Nacht dazu entschlossen habe, mich ihm zu nähern, aber wenn er wirklich der ist, von dem ich denke, dass er es ist, macht sein seltsames Verhalten bei unserem ersten Treffen endlich Sinn.

Er dachte, ich würde ein Spielchen spielen, er war so erbittert und furchteinflößend, weil er dachte, ich wüsste, wer er ist. Er dachte, ich würde ihn mit dem konfrontieren, was ein paar Tage zuvor geschehen war.

Er hat einen Schal vor dem Gesicht getragen, als ich ihn dabei beobachtet habe, wie er diesen Kerl erschossen hat. Wenn überhaupt, hätte ich ihn an seinen Augen erkennen können, aber es war zu dunkel gewesen, um überhaupt zu erkennen, welche Farbe sie hatten. Es war zu finster, um spezifische Merkmale zu bemerken, und alles ging so schnell.

Das ist einer der vielen Gründe, weshalb ich niemals zur Polizei gegangen bin. Ich wusste, ich könnte ihnen nichts Nützliches mitteilen, und ich hatte Angst, dass ich damit nur die Aufmerksamkeit auf mich lenken würde.

Was für eine verdrehte Ironie, dass er bei dieser Spendengala war und wie ein verdammter Gott aussehen musste. Ein Gott namens Mars.

Ich hatte immer das Gefühl, als ob er etwas wusste, als ob es von Anfang an einen Grund für sein Nachbohren, sein außergewöhnliches Interesse an meinen Gedanken gegeben hatte.

Er hat versucht, mich zum Reden zu bringen, zu sehen, ob ich über diesen Vorfall sprechen würde.

Deshalb hatte er so früh schon nach meinen Geheimnissen gefragt. Es war unnatürlich, ich hätte es wissen müssen.

Was, wenn ich es erwähnt hätte? Hätte er mich dann auf der Stelle getötet?

Und überhaupt: Warum hat er mich nicht umgebracht?

Und weshalb hatte er davon gesprochen, dass ich Inspiration für meinen eigenen Thriller bekommen könnte? War es das, worauf er angespielt hatte?

Ich habe keine Antwort auf all diese Fragen, aber ich beschließe, dass ich nicht hierbleiben werde, um sie zu finden. Ich muss hier raus, und zwar schnell, weil er sich schon bald fragen wird, wo ich bleibe.

Ich springe von der Küchentheke und richte rasch meine Kleidung, bevor ich meine kleine Handtasche nehme und so eilig wie möglich zur Tür gehe, ohne zu viel Lärm zu machen. Meine Schuhe sind das Einzige, was ich zurücklassen werde, weil ich sowieso nicht in der Lage wäre, in ihnen zu rennen.

Mein Herzschlag ist vollkommen außer Kontrolle und ich zwinge mich, meine Atmung so ruhig wie möglich zu halten, als ich an der Badezimmertür vorbeigehe, hinter der ich ihn duschen höre.

Er wartet darauf, dass ich komme und mich ihm anschließe. Wer weiß, was er noch für diesen Abend geplant hat? Vielleicht war er heute nur deshalb besonders nett und lustig, weil er vorhatte, mich zu töten?

Sollte heute unser letzter gemeinsamer Abend sein? Mein letzter Abend unter Lebenden?

Hat er versucht, mich betrunken zu machen, damit der Job leichter ist?

Das Wasser hört auf zu rauschen.

Ich atme hörbar ein und beschließe, dass ich weniger Zeit mit Denken und mehr mit Laufen verbringen sollte.

Ich stürze vorwärts und greife nach der Wohnungstür, die glücklicherweise unverschlossen ist. Gerade als ich in den Flur eile, kann ich seine Stimme hinter mir hören.

„Nike?“

Ich mache mir nicht die Mühe, die Tür hinter mir zu schließen, sondern laufe los. Ich bin ihm und seinen Kugeln schon einmal entkommen – ich werde es auch ein zweites Mal schaffen. Ich muss nur die nächste Polizeiwache finden – oder jemanden draußen auf der Straße, der mich zu einer führen kann. Irgendwas.

Ich riskiere es nicht, auf den Aufzug zu warten, stattdessen eile ich die Treppe hinab. Es ist das erste Mal, dass ich in diesem Gebäude die Stufen nehme und ich muss erkennen, dass es gefährlich ist, in Strumpfhosen auf glänzend neuen Fliesen zu rennen. Einige Male stehe ich kurz davor auszurutschen und die Treppe hinabzufallen, als ich den Halt verliere und mich verzweifelt am Geländer festhalte.

Ich bin fast unten und kurz vor dem ersten Stock, als ich seine Stimme von oben vernehme. Er ruft erneut meinen Namen.

Nur einmal.

Dann höre ich, wie er die Treppe hinab läuft.

# KAPITEL 20

*Nike*

Seine Schritte hinter mir zu hören verleiht mir neuen Schub und ich falle fast die verbliebenen Stufen hinab, als ich schneller werde und erneut den Halt verliere.

Unglaubliche Erleichterung erfasst mich, als ich endlich die Tür im Erdgeschoss erreiche. Ich stürze gegen die Türklinke und reiße so kräftig wie möglich an ihr, um sie zu öffnen.

Sie bewegt sich nicht.

„*Fuck*!“

Ich werfe mich gegen die Tür und erwarte, dass sie nach außen aufgeht.

Aber es tut sich immer noch nichts.

Ich gerate in Panik.

Warum öffnet sich diese verfluchte Tür nicht?

Ich drücke erneut die Klinke, diesmal mit so viel Kraft, dass ich anfange zu schwitzen, während ich abwechselnd an ihr ziehe und meinen Körper dagegen werfe. Aber nichts zeigt Wirkung. Die Tür bleibt geschlossen, bewegt sich keinen Zentimeter und gibt mir auch keinen Hinweis darauf, was der richtige Weg wäre, sie zu öffnen.

Mein Puls rast wie wild und Tränen gesellen sich zu dem Schweiß auf meinem Gesicht. Ich mache einen Schritt zurück und hebe die Arme, um mein ungekämmtes Haar zurückzustreichen, das anfängt, auf meiner Haut zu kleben.

„Fuck, fuck, fuck“, zische ich hilflos.

Ich drehe mich um, um zu überprüfen, ob es einen anderen Weg nach draußen gibt. Währenddessen kommen seine Schritte gefährlich nah.

Ich könnte um Hilfe rufen, das sollte ich vermutlich. Einige seiner Nachbarn könnten mich hören und ihre Türen öffnen. Aber ein Kloß in meiner Kehle hält mich davon ab, auch nur das leiseste Geräusch von mir zu geben.

Ich versuche, mich zu beruhigen, und schließe ein paar Sekunden die Augen, um zu atmen. Ein und aus. Rasch, aber tief und bewusst.

*Beruhige dich. Beruhige dich*!

Als ich die Augen öffne, begreife ich rasch, dass das genau das war, was ich gebraucht habe. Es gibt einen kleinen Haken an der Seite der Tür, etwas oberhalb des Türknaufs, den ich zuvor nicht bemerkt habe. Ich war zu beschäftigt damit gewesen, in Panik zu geraten, um zu erkennen, dass es dieses zusätzliche Schloss an der Seite gibt. Ich hebe es an und probiere erneut die Tür, ziehe erst und drücke dann dagegen.

Die Tür geht nach außen auf und ich springe auf die Straße, als seine Schritte hinter mir das Erdgeschoss erreichen. Wenn ich meine Laufschuhe tragen würde, hätte ich nicht den geringsten Zweifel, dass ich ihm entkommen könnte, aber da ich nur meine Strumpfhose anhabe, bete ich um mein Leben, als ich auf die Straße laufe und seinem Griff nur um wenige Zentimeter entkomme.

„Nike!“, höre ich ihn hinter mir. Es ist das erste Mal, dass ich seine Stimme höre, seit er angefangen hat, hinter mir her zu jagen.

Ich verschwende keine Zeit damit, zu ihm zurückzublicken, sondern beginne so schnell, wie es mir ohne Schuhe möglich ist, zu laufen. Er ist nahe, sehr nahe, das weiß ich.

Ich kann ihn hinter mir keuchen hören. Das ist alles so verdammt hoffnungslos. Wieder einmal gibt es keine Menschenseele auf der Straße, die mir helfen könnte. Ich sehe niemanden und verliere mit jedem Schritt etwas mehr an Hoffnung. Ich mag ja eine schnelle Läuferin sein, aber er ist immer noch ein fitter Mann, der – da bin ich mir sicher – selbst einiges an Lauftraining hinter sich hat. Es ist ein Wunder, dass er mich noch nicht gepackt hat.

All meine Panik und die Anspannung hat meine Atmung durcheinander gebracht, so dass ich nicht anders kann, als zu hyperventilieren. Das verlangsamt mein Tempo ungemein und ich verliere viel schneller an Energie, als ich es normalerweise tun würde.

Für einen Moment hatte ich das Gefühl, dass ich etwas Abstand zu ihm gewonnen habe, doch jetzt kommen sein Keuchen und seine großen, kräftigen Schritte näher. Das Geräusch, dass seine Füße auf dem Bürgersteig erzeugen, lässt vermuten, dass er ebenfalls barfuß ist. Das sollte mich nicht überraschen, denn er ist gerade aus der Dusche gekommen.

Ich frage mich, ob er überhaupt Kleidung trägt. Ein Teil von mir will sich umdrehen und nachschauen, ob er mir nackt folgt. Der Gedanke würde mich zum Lachen bringen, wenn die Situation eine andere wäre, wenn ich nicht gerade um mein Leben laufen würde. Ich rüge mich selbst, dass ich mich überhaupt mit diesen dummen Gedanken beschäftige.

Wen interessiert es, ob er mich nackt oder angezogen umbringt?

Ich kreische überrascht auf, als ich seine Fingerspitzen an meinem Rücken spüre, die an mir hinabgleiten, als er versucht, mich zu packen. Er ist noch nicht nah genug, um mich zu erwischen, und verliert durch diesen erfolglosen Versuch kostbare Zeit, die ich dazu benutze, mein eigenes Tempo zu erhöhen.

Aber ich bin so erschöpft, so schrecklich erschöpft. Ich ringe nach Atem, will verzweifelt meine Lunge füllen, aber meine Mühen sind sinnlos. Erneut sind es nicht meine Beine, sondern meine Lungen, die mich verraten. Meine Beine bewegen sich, als besitzen sie einen eigenen Willen und immer noch mit großen und schnellen Sprüngen, die als mühelos beschrieben werden könnten, wenn es mir nicht an Atem und Energie fehlen würde.

Es ist unnötig zu sagen, dass sein zweiter Versuch, mich zu packen, von Erfolg gekrönt ist. Es gelingt ihm, meinen linken Arm zu ergreifen, seine Hand schließt sich um mein Handgelenk, als er mich zum Anhalten zwingt.

„*Nein! Nein! Neiiiin!*“, schreie ich.

Meine Verzweiflung wird durch meine schrille Stimme deutlich und Tränen lassen meine Sicht verschwimmen, als mir klar wird, dass es das gewesen sein könnte. Das hier könnte mein Todesurteil sein.

Niemand ist in meiner Nähe, kein Mensch, der mir helfen, keiner, der mich schreien hören würde, kein einziges Auto fährt vorbei. Er könnte mich jetzt und hier einfach zum Schweigen bringen und mir das Genick mit einer schnellen Bewegung brechen, bevor ich überhaupt die Chance bekomme, um ...

„Nike!“, schreit er mich an, packt meinen Arm noch härter und zieht mich näher.

Ich kämpfe gegen ihn an, aber je länger ich das tue, desto stärker wird sein Griff. Ich ersticke an meiner Furcht, unfähig nach Hilfe zu rufen. Er zieht mich an sich und dreht meinen Arm hinter meinen Rücken, so dass ich mich nicht mehr rühren kann, bevor er von hinten die andere Hand auf meinen Mund legt.

Natürlich finde ich jetzt die Kraft, um loszubrüllen, aber der Klang wird durch seine Finger gedämpft.

„Nike, beruhige dich!“, drängt er mich und packt so fest zu, dass es wehtut. Ich wimmere auf und versuche, mich ihm zu entwinden, aber es ist hoffnungslos. Ich bin ihm vollkommen ausgeliefert, und diesmal genieße ich es kein Bisschen.

„Beruhige dich“, wiederholt er, den Mund nahe an meinem Ohr. „Beruhige dich und versprich mir, dass du nicht schreien wirst, dann lasse ich dich sprechen. Verstanden?“

Seine Stimme klingt barsch und tief, bedrohlich. Er könnte mich jetzt töten. Ich weiß, dass er es könnte. Das ist es, was sie in den Filmen immer tun, ein schneller Griff am Kopf, eine plötzliche und rasche Bewegung und das Genick ist gebrochen.

Oder vielleicht hat er ein Messer dabei. Er könnte mich auch erstechen. Jeden Moment.

Ich schließe die Augen und warte darauf, dass eins von beidem passiert, aber nichts dieser Art folgt. Stattdessen atme ich diesen köstlichen Geruch ein und genieße die Berührung seiner bloßen Haut auf meiner. Das ist so vertraut, so beruhigend. Die Präsenz dieses Mörders wirkt selbst jetzt noch besänftigend auf mich.

*Fuck. Wie krank ist das denn?*

„Nike?“, fragt er erneut. „Nick, wenn du mich hörst.“

Ich gehorche. Ich nicke in seiner beängstigenden Umarmung.

„Versprich mir, dass du brav bist“, wiederholt er. „Und ich nehme meine Hand von deinem Mund. Verstanden?“

Ich reagiere nicht. Er gibt mir ein paar weitere Sekunden, um ihm eine Antwort zu geben, aber ich bleibe ruhig und bewegungslos.

„Ich muss wissen, was los ist“, sagt er. „Worum zum Teufel geht es hier? Warum bist du so vor mir weggelaufen? Warum hast du vor mir Angst?“

Will er mich verarschen? Das weiß er doch verdammt genau. Spielt er mir jetzt den Dummen vor?

„Ich weiß es“, versuche ich zu sagen, aber es kommt unterdrückt und unverständlich raus.

Endlich nimmt er die Hand von meinem Mund und statt nach Hilfe zu rufen, wiederhole ich meine Worte.

„Ich weiß, wer du bist.“

Meine Stimme ist leise, nicht mehr als ein Flüstern.

Er versteift sich hinter mir, aber sein Griff lockert sich.

Ich könnte versuchen zu entkommen, das sollte ich tun. Aber stattdessen erstarre ich und warte auf eine Reaktion von ihm.

Er tut oder sagt nichts, bleibt nur hinter mir stehen und atmet immer noch schwer wegen unserer Hetzjagd. Sein Oberkörper ist nackt. Ich fühle seine muskulöse Brust an meiner Haut, weil mein Kleid einen tiefen Rückenausschnitt besitzt.

Ich liebe seinen Körper, seine Haut, seinen Geruch, seine Augen, die Art, wie er mich anblickt, wie er mich für sich beansprucht und mich herausfordert.

Aber sein intensives Interesse an mir war nicht ehrlich, das weiß ich jetzt. Er wollte mich nur ausfragen, sichergehen, dass ich unter seiner Kontrolle bin, und er könnte sich jetzt jederzeit dazu entschließen, mich zum Schweigen zu bringen.

Tränen strömen mir über das Gesicht. Tränen des Elends, der Enttäuschung und der alles übertönenden Angst.

„Ich weiß es", wiederhole ich. „Ich weiß es."

„Du weißt was?“, fragt er, aber sein Tonfall verrät, dass er die Antwort auf seine Frage bereits kennt.

„Zwing mich nicht, es auszusprechen“, flüstere ich.

„Du musst es sagen“, drängt er mich leise. „Sonst weiß ich nicht, wovon du sprichst, Nike.“

Die Art, wie er meinen Namen ausspricht, ist so sanft und süß. Es reißt mich innerlich entzwei. Wie kann er mir das antun?

„Auf dem Dach“, hauche ich. „Das warst du.“

Schweigen.

Wir stehen bewegungslos wie eine miteinander verbundene Statue. Man könnte sie für eine Statue von Liebenden halten. Es muss amüsant wirken auf jeden, der nun an uns vorbei laufen würde, wenn man bedenkt, dass er halbnackt ist und ich ein Abendkleid ohne Schuhe trage.

„Du wirst mich umbringen“, füge ich hinzu und unterdrücke den Drang zu weinen. Es ist keine Frage, sondern eine Feststellung.

„Nike“, haucht er.

Alles, das folgt, geschieht zu schnell, um es zu begreifen. Mars will mich gerade loslassen und umdrehen, aber sobald er sich von mir entfernt, höre ich ihn etwas schreien und werde zu Boden gedrückt, begleitet von einem lauten Knall.

Der Klang von einem abgefeuerten Schuss.

Ich schreie mehr vor Überraschung als Schmerz auf, als ich auf dem Boden lande.

Ein Schuss. Er hat eine Waffe mitgebracht und auf mich geschossen.

Warum tut es nicht weh?

Ich spüre keinen Schmerz außer an den Knien und Händen, als ich versucht habe, den Fall auf den Bürgersteig abzufangen. Mars ist immer noch hinter mir. Ich höre ihn knurren und hinter meinem Rücken stolpern. Gerade, als ich mich umdrehen will, um ihn anzusehen, rennt er an mir vorbei über die leere Straße in die Dunkelheit.

Genau wie ich es vermutet habe, trägt er nichts außer eine Jogginghose, die er angezogen haben muss, bevor er mir nachgelaufen ist.

Und ihm folgt eine Spur aus Blut.

# Kapitel 21

## *Mars*

Dieser Bastard. Ich weiß, dass er auf mich gezielt hat, aber mit seiner fehlenden Erfahrung und seiner schrecklich schlechten Zielsicherheit hätte er jeden erschießen können.

Er hätte *sie* erschießen können.

Hätte ich ihn nicht, kurz bevor er seinen erbärmlichen Schuss abgegeben hat, gesehen, so dass ich Nike aus dem Weg stoßen konnte, wer weiß, was hätte passieren können.

Wie konnte er so dumm sein?

Ich verfluche mich, dass ich das Haus ohne eine Waffe verlassen habe, etwas, das ich seit Jahren nicht mehr getan habe. Es ist der pure Wahnsinn, einem bewaffneten Kerl zu folgen, ohne selbst eine Pistole zu haben, ganz zu schweigen von vernünftiger Kleidung. Aber ich bin stinksauer vor Wut, angetrieben von Zorn und der Verlustangst.

Ich hätte Nike verlieren können.

Wochenlang war ich nicht in der Lage, mich zu entscheiden, was ich mit ihr anstellen und wie ich mit meiner einzig überlebenden Zeugin umgehen soll. Ich dachte, ich sei unentschlossen und verängstigt, aber die Wahrheit ist, dass ich abgewartet und gehofft habe. Ich habe darauf gewartet, dass es ihr klar wird, und gehofft, dass sie das Thema fallen lässt. Es ist fast eine Erleichterung, dass sie es jetzt weiß, obwohl ich keine Ahnung habe, wie sie es herausgefunden hat, und ihre Reaktion lässt mich nicht wirklich glauben, dass sie es einfach so auf sich beruhen lassen könnte.

Und jetzt zu allem Überfluss muss auch noch er auftauchen – mit dem Entschluss, mich umzubringen. Was für ein beschissener Loser.

Ich habe Christian gesagt, dass er sich raus halten soll. Ich habe ihm gesagt, er solle sein Leben führen und mich in Ruhe lassen, was er offensichtlich als Einladung verstanden hat, bei meinem neuen Zuhause aufzutauchen und mich zu töten.

Sein Schuss war so schlecht wie man es von einem Mann wie ihm erwarten kann. Es war nichts als ein Streifschuss, der meine linke Seite getroffen hat und höllisch weh tut, aber das ist nichts, was mich aufhalten kann. Ich kann immer noch laufen, und das Entsetzen auf Christians Gesicht, als ich auf ihn zu renne, spricht Bände. Aus welchem Grund auch immer, er hat das nicht erwartet. Er hat allen Ernstes gedacht, dass er mich mit nur einem einzigen erbärmlichen Versuch niederstrecken könnte und damit wäre die Sache erledigt.

*Tja, falsch gedacht, Kumpel.*

Für einen Moment ist er wie erstarrt, aber anstatt erneut auf mich zu schießen, wählt er die dümmste Option und dreht sich um, um vor mir wegzulaufen. Ich habe keine Ahnung, warum er sich dafür entschieden hat, aber es bringt mir einen großen Vorteil.

Selbst mit der Verletzung schaffe ich es überraschend schnell, ihn einzuholen. Es ist das zweite Mal in dieser Nacht, dass ich jemanden fangen muss, der vor mir davonläuft, aber anders als Nike packe ich diesen Idioten nicht am Arm. Er muss niedergestreckt und möglichst rasch entwaffnet werden. Wenn ich ihn wie sie am Arm zurückhalten würde, könnte er sich einfach umdrehen und mir ins Gesicht schießen.

Stattdessen bringe ich ihn zu Fall, indem ich nach vorne springe, mein ganzes Körpergewicht auf ihn werfe und beide Arme um seinen Hals lege. Er würgt überrascht und fällt sofort um. Selbst während dieses Bruchteils einer Sekunde, als wir beide stürzen, kann ich den Alkohol an ihm riechen. Er ist betrunken, vermutlich mehr noch als ich. Der Sex, die – zugegeben kurze – Dusche und die Verfolgungsjagd haben mich ziemlich ausgenüchtert.

„Du Stück Scheiße“, zische ich, als ich ihn niederdrücke und ihm die Waffe mit einer schnellen Bewegung aus der Hand nehme. Es geht leichter als erwartet, weil er sich offenbar in dem Augenblick ergibt, sobald ich ihn in die Finger bekommen habe.

Ich ziehe seine Arme zurück, verschränke sie an seinem Rücken und fixiere ihn mit meinen Beinen und einer Hand, während ich mit der anderen die Pistole an seine Schläfe halte.

Er stöhnt vor Schmerz, wehrt sich aber kaum. Was für ein verdammter Loser. Als ich auf seinen Kopf ziele, schließt er die Augen und wartet darauf, dass ich abdrücke.

Aber ich habe nicht vor, dieses Arschloch zu töten. Nicht, wenn ich nicht unbedingt muss.

Kein Töten mehr. Keine weiteren Leichen, die mich verfolgen. Und besonders nicht so, aus der Nähe und schmutzig. Sein Blut würde nicht nur sprichwörtlich an meinen Händen kleben.

„Was habe ich dir gesagt?“, zische ich ihm ins Ohr. „Was zum Teufel hast du dir dabei gedacht, du nutzloses Stück Scheiße?“

„Ich habe Angst“, winselt er. „Ich habe Angst, Mann. Alle sind tot. Du hast sie umgebracht, Mann! Als nächstes wäre ich an der Reihe, das weiß ich einfach. Du würdest ...“

„Ich habe dir gesagt, dass ich das nicht tun würde“, unterbreche ich ihn. „Du verfickter Loser, das habe ich dir gesagt! Du musst dich zusammenreißen und mich endlich verflucht noch mal in Ruhe lassen.“

Ich ramme die Waffe gegen seine Stirn und genieße den Anblick, als er vor Furcht zusammenzuckt.

„Ich sollte dich hier und jetzt erschießen, du Loser“, flüstere ich. „Das weißt du, oder?“

Er wimmert und beginnt zu schluchzen.

So erbärmlich.

Ich liebe es. Ich leugne nicht, dass ich dieses Gefühl der Macht über ihn liebe. Er ist vollkommen meiner Gnade ausgeliefert, ein weiterer Idiot, der dumm genug war, mich auf dem falschen Fuß zu erwischen. Ich liebe es, einen anderen Mann so zu überwältigen.

Aber ich liebe es nicht, jemanden zu töten. Es fiel mir leicht, zumindest am Anfang, aber ich will nicht länger, dass das Teil meines Lebens ist.

Ich hasse es, dass Christian mich in diese Lage gebracht hat. Ich hasse diesen Bastard so sehr.

„Ich sollte dich erschießen", wiederhole ich. „Das sollte ich und ich könnte es. Aber weißt du was, du kleiner Scheißer?"

Er gibt mir keinerlei Antwort.

Ich lasse ein paar schmerzhafte Sekunden vergehen, bevor ich weiter rede.

„Das werde ich nicht tun", sage ich am Ende.

Er stößt ein erleichtertes Winseln aus.

„Ich will dich nicht töten", fahre ich fort. „Ich *will* es verflucht noch mal nicht. Hast du verstanden?"

Er nickt so gut er kann.

„Ich bin fertig mit dieser Scheiße, Christian", sage ich. „Und ich bin wirklich verflucht sauer auf dich, dass du nicht auf mich gehört und meinen Worten nicht vertraut hast. Du hättest es besser wissen müssen. Wenn ich dich hätte töten wollen, wärst du schon seit langem tot, meinst du nicht?“

„Vielleicht“, sagt er und wagt es endlich, die Augen zu öffnen. „Bring mich nicht um, bitte. Es tut mir leid. Ich hätte dir zuhören sollen.“

„Ja, das hättest du tun sollen. Und du hast Glück, dass ich niemand bin, der nachtragend ist. Denn weißt du, was mich noch wütender macht?“

Er schüttelt den Kopf.

„Dass du auf mich und mein Mädchen gezielt hast“, sage ich. „Mein Mädchen! Wenn du sie getötet oder ihr auch nur den kleinsten Kratzer verpasst hättest, schwöre ich bei Gott, dass du jetzt tot wärst!“

Christian sieht mich an. Seine Augen sind immer noch feucht und voller Angst. „Seit wann machst du dir was aus anderen Menschen?“, zischt er.

Ich verstärke den Druck auf seinen Armen, so dass er vor Schmerzen aufstöhnt.

„Das geht dich einen Scheiß an“, sage ich. „Du solltest nur eins wissen: Wenn du sie jemals wieder in so eine Lage bringst, bist du tot. Sofort. Dann gibt es keine zweite Chance. Wenn es auch nur den kleinsten

Kratzer an ihr gibt, bist du erledigt. Verstanden?“ Ich lege noch mal an Kraft zu, und er wimmert.

„Okay, okay! Ja! Es tut mir leid“, stößt er hervor. „Bitte, lass mich gehen.“

Ich starre ihn einen Moment lang an und überlege, ob das eine kluge Idee ist oder nicht. Er sieht zu Tode erschrocken und schwach aus, wie ein getretener Hund, obwohl ich derjenige mit der Verletzung bin. Vermutlich hat er nicht mehr als ein paar oberflächliche Schürfwunden auf seiner bleichen Haut.

Ich lockere den Griff und warte auf seine Reaktion. Er entspannt sich sofort und stößt einen erleichterten Seufzer aus, als ich von ihm aufstehe. Erst jetzt bemerke ich die Schmerzen an meiner Seite. Es tut verflucht weh und Blut läuft meinen Oberkörper und mein linkes Bein hinab.

Verdammt, vielleicht brauche ich doch medizinische Hilfe mit diesem Mist.

Ich mache ein paar Schritte zurück und behalte Christian im Auge, der sich jetzt langsam selbst aufrappelt. Er hat immer noch Angst vor mir.

Gut.

Ein leises Keuchen, ganz ähnlich dem, das ich vor einigen Wochen auf dem Dach gehört habe, ertönt hinter mir. Es verleitet mich dazu, den Blick von ihm zu nehmen, und als ich mich umdrehe, sehe ich sie barfuß dort stehen in ihrem sexy Kleid und mit ihrem Haar, das wilder als jemals zuvor ist.

Nike starrt mich ungläubig an.

„Mars“, sagt sie und wirft sich nach vorne. „Pass auf!“

Ich reagiere schnell, aber nicht schnell genug. Christian springt von hinten gegen mich und schlägt mir die verdammte Waffe aus der Hand, bevor es ihm gelingt, mich auf ähnliche Weise zu Boden zu ringen, wie ich es erst wenige Minuten zuvor bei ihm getan habe.

Wir fallen beide zu Boden, aber diesmal ist er über mir und stößt einen irren Schrei aus, als er beginnt, in mein Gesicht zu schlagen. Er erwischt mich völlig unerwartet und als sein erster Schlag meine Schläfe trifft, sehe ich Sterne, bevor sich eine gefährliche Dunkelheit über mich senkt.

*Fuck*!

*Nike*!

Sie ist alles, woran ich denken kann. Ich darf auf gar keinen Fall das Bewusstsein verlieren.

Ich versuche, seine Arme zu packen, aber der Kerl ist überraschend stark und legt eine Kraft an den Tag, die ich nie von ihm erwartet hätte. Aber er ist kein guter Kämpfer und besitzt sehr wenig Erfahrung mit einer Situation wie dieser – viele seiner Schläge landen nicht besonders präzise oder treffen nur auf Luft. Selbst diese Darbietung ist erbärmlich.

Dann hört er auf einmal auf.

Er erstarrt mitten in der Bewegung, sein Gesicht verzieht sich zu einer Grimasse aus Schmerz und Überraschung, bevor er die Augen verdreht und auf mir zusammenbricht.

*Was zum Teufel …*

Ich kämpfe gegen die Bewusstlosigkeit an und versuche immer noch, mit den Schlägen auf meinen Kopf und den Schmerzen in meiner Seite klar zu kommen. Es ist schwer, mich zu konzentrieren, aber als meine Sicht klarer wird, sehe ich sie dort stehen.

Die Göttin des Sieges mit wildem Haar und dunklen Augen sieht auf uns hinab. Meine Zeugin – und nun meine Komplizin.

Nike thront über uns, schwer atmend, ihre Finger steif um den Griff der Waffe verkrampft.

Sie lächelt.

# Kapitel 22

*Mars*

Es ist hell, so verdammt hell. Ich schaffe es kaum die Augen zu öffnen, weil das Licht mich blendet.

Ich presse die Augen zusammen und versuche, mich zu orientieren. Die blendende Helligkeit und die unvertraute Umgebung machen es mir schwer, meine Lage zu begreifen.

Wo zum Teufel bin ich? Das kann wohl kaum der Himmel sein.

Natürlich ist er das nicht, aber ein Engel sitzt neben mir. Wildes, hellbraunes Haar umgibt ihr blasses und herzförmiges Gesicht. Ihre dunklen Augen ruhen auf mir und ein schwaches Lächeln umspielt ihre Lippen, als ich sie ansehe.

Ich scheine in einem Krankenhausbett zu liegen. Steife, saubere Laken ruhen auf meinem geschundenen Körper, eine Maschine piept neben mir, eine Nadel steckt in meinem rechten Arm, die Wände sind weiß und grün, steril und alles andere als einladen.

„Was zum …“, bringe ich hervor, aber meine Stimme ist heiser und kaum hörbar.

Nike springt von ihrem Stuhl auf und greift hinüber zu einem Tisch neben dem Bett. Kurz darauf präsentiert sie mir ein Glas Wasser mit einem Strohhalm.

„Trink“, sagt sie. „Der Arzt meinte, deine Kehle könnte trocken sein, wenn du aufwachst.“

Ich runzle die Stirn.

„Ich bin nicht tot“, versuche ich zu protestieren, aber sie schiebt den Strohhalm näher an meinen Mund und fordert mich auf, zu trinken.

„Das weiß ich“, sagt sie. „Deshalb musst du trinken.“

Ich gebe nach und nehme ein paar Schlucke von dem Strohhalm, wie ein verdammtes Baby. Aber sie hat recht. Mein Hals ist trocken und ich fühle mich sofort besser, nachdem ich das Glas in kleinen and gierigen Schlucken geleert habe.

„Besser?“, will sie wissen, als sie das Glas weg stellt.

Ich nicke widerstrebend. „Danke.“

Nike lächelt und setzt sich wieder. Sie trägt Jeans und einen dunklen Pullover, der ihrer zierlichen Figur schmeichelt. Sehr lässig. Ich glaube, ich habe sie noch nie in solcher Kleidung gesehen. Sie trägt auch weniger Makeup als sonst. Bei unseren Dates sah sie immer so anders aus, so aufgetakelt, schick gekleidet und geschminkt wie eine Schauspielerin. Jetzt sieht sie einfach aus wie ... sie selbst.

Wunderschön.

„Du siehst besser aus“, sagt sie, als könne sie meine Gedanken lesen. „Endlich haben deine Wangen ein bisschen Farbe bekommen.“

„Sprich nicht über mich, als ob ich ein Baby wäre“, beschwere ich mich. „Was ist passiert? Warum bin ich hier?“

Sie legt den Kopf in den Nacken. „Du erinnerst dich nicht? Du hast das Bewusstsein verloren.“

Oh, doch. Ich erinnere mich daran, dass sie vor mir weggelaufen ist, weil sie irgendwie herausgefunden hat, dass ich der Typ war, den sie vor ein paar Wochen gesehen hat, wie er einen anderen Mann erschossen hat. Und ich erinnere mich, dass ich sie eingeholt und fast verloren habe, als dieser Idiot Christian aufgetaucht ist und sich entschlossen hat, auf mich, auf *uns* zu schießen. Ich erinnere mich, dass ich ihm nachgejagt bin und ihn zu Boden gerungen habe. Danach bin ich wieder aufgestanden und ...

Der letzte Teil der Geschichte fällt mir auf einmal wieder ein.

„Du hast ihn bewusstlos geschlagen“, sage ich und das Staunen in meiner Stimme ist deutlich hörbar.

Nike lächelt und nickt.

„Ja“, sagt sie stolz. „Er hat dich angegriffen und du warst angeschossen! Ich habe seine Pistole genommen und ihn damit geschlagen, weil ich es nicht gewagt habe, zu schießen.“

„Du hast es nicht gewagt ...“

Sie nickt und sieht mich jetzt ernst an.

„Ich habe noch nie in meinem Leben eine Waffe abgefeuert, Mars.“

Sie räuspert sich und überprüft die Tür hinter sich, bevor sie weiter spricht.

„Aber ich weiß, dass du es getan hast“, fährt sie flüsternd fort. „Ich weiß, dass du einen Mann getötet hast. Vielleicht sogar viele. Du weißt, dass ich dich in jener Nacht gesehen habe ...“

„Ja“, falle ich ihr ins Wort. Ich sehe sie an und spiegle ihre ernste Miene wider. „Ich wusste es von Anfang an, Nike.“

Sie atmet hörbar ein, jetzt offensichtlich gestresst. „Ich habe es niemandem gesagt. Niemandem. Nicht mal Amanda.“

„Das weiß ich.“

„Nein, ich meine, sogar jetzt. Selbst nach dem, was letzte Nacht passiert ist. Ich habe es niemandem gesagt.“

Ich hebe die Augenbrauen. „Aber du musst einen Krankenwagen gerufen haben. Sonst wäre ich jetzt nicht hier.“

Sie nickt. „Ja, und ich habe auch die Polizei gerufen.“

Mein Herzschlag stoppt einen Augenblick. Sie hat die Cops gerufen? „Was zum Teufel hast du dir dabei geda...“

„Mach dir keine Sorgen“, sagt sie und hebt die Hand, damit ich aufhöre zu reden. „Ich habe dir gesagt, dass ich ihnen nichts erzählt habe.“

„Aber irgendwas musst du ihnen doch erzählt haben!?“

Fuck! Wenn die Polizei da war, bedeutet das, dass sie Christian haben – und bei dem Zustand, in dem er sich befunden hat, kann ich mir sicher sein, dass er geredet hat.

„Es war im Grunde einfach.“ Sie zuckt mit den Achseln. „Selbstverteidigung. Er hat zuerst auf uns geschossen – mit einer Waffe, die er übrigens illegal besitzt –, und als du versucht hast, ihn zu stellen, hat er dich angegriffen und ich habe ihn niedergeschlagen, damit er dich loslässt.“

„Wo ist er jetzt?“

„Auch im Krankenhaus, aber streng unter Beobachtung. Das war ein ziemlicher Schlag auf den Kopf. Er hat eine Gehirnerschütterung. Sie warten darauf, dass es ihm besser geht, damit sie ihn vernehmen können.“

„Vernehmen? Er wird reden. Ganz sicher.“

Unsere Blicke treffen sich, und ein kalter Schauder läuft mir über den Rücken, als Nike nickt.

„Das hat er schon“, sagt sie. „Aber nach Meinung der Polizei hat er nur Unsinn gefaselt. Er hat behauptet, du wärst ein Mafiosi und eine Gefahr für ihn und mich und ... na ja, jeden." Sie hält inne und sieht mich erwartungsvoll an.

Was soll ich dazu sagen? Ich will sie nicht anlügen, und ich bin mir sicher, dass sie sowieso weiß, dass das meiste von dem, was Christian gesagt hat, der Wahrheit entspricht.

„Sie haben ihm nicht geglaubt", fährt sie fort. „Er war tierisch betrunken und schien verwirrt."

„Hast du ihm geglaubt?"

Nike schluckt schwer und sieht mich verletzt aus ihren dunklen Augen an. „Ich hatte keine Ahnung wer du bist, die ganze Zeit nicht ... aber jetzt, wo ich weiß, dass du ..."

Sie stockt und beißt sich auf die Unterlippe. Der Ausdruck auf ihrem Gesicht ist geprägt von Schmerz und Angst.

Angst vor mir.

„Sag es mir. Sag mir, wer du bist."

„Wie meinst du das?"

„Genau das, was ich gesagt habe. Sag mir, wer du bist. Ich weiß, dass ich deinen Worten von früher nicht trauen kann. Du bist nicht einfach nur ein Börsenmakler, ein guter und unschuldiger Mann, der sein Geld dafür benutzt, um als Spender für Wohltätigkeitsprojekte aufzutreten."

Ich lache leise. „Ich versuche aber, genau das zu werden. Ein guter Mensch, ein ehrlicher Mensch."

Sie nickt. „Okay, dann fang damit an, indem du offen und ehrlich zu mir bist. Leg die Karten auf den Tisch."

Welche Wahl habe ich? Sie weiß bereits zu viel. Meine Hände sind gebunden – genau wie mein Herz. Es ist besser, ihr alles zu erzählen, bevor sie ihr Halbwissen nutzt um sich ihre eigene Geschichte zu spinnen – und diese dann mit der Polizei zu teilen.

Und es ist das Beste, wenn sie es von mir hört.

Also erzähle ich es ihr. Alles. Von meinem Versager von Vater, meiner gleichgültigen Mutter, von Joseph und seinen Jungs, von meinem Talent und davon, dass ich mich aus einer schrecklichen Lage hochgearbeitet habe, indem ich schreckliche Dinge getan habe. Ich erzähle ihr von der Mafia und meiner Beziehung zu ihnen, von Josephs Tod und meinem Plan, dieses Leben hinter mir zu lassen, und von den Dingen, die ich hatte tun müssen, um dieses Ziel zu erreichen.

„Was du beobachtet hast, war mein allerletzter Mord“, beende ich die Geschichte. „Der letzte Mann, den ich auslöschen musste, um frei zu sein.“

„Mhm“, murmelt sie.

„Du glaubst mir nicht?“

Sie lässt mich ein paar leidvolle Momente warten, bevor sie den Kopf schüttelt.

„Ich glaube dir. Ich will es. Ich habe gehört, wie du mit dem Mann gestern geredet hast, dass du ‚nicht länger‘ töten willst und ihn eigentlich auch nicht umbringen willst.“

Sie hält einen Augenblick inne und sammelt sich.

„Und ich habe gehört, was du über mich gesagt hast. Dass du nicht willst, dass ich verletzt werde ...“ Sie sieht auf ihren Schoß hinab, wo sie nervös mit ihren Fingern spielt.

„Er hat auf uns geschossen“, sage ich. „Seine Zielsicherheit ist miserabel. Er hätte dich töten können.“

„Ja, aber ...“ Sie klingt erstickt. „Hätte es das für dich nicht einfacher gemacht?“

Ihre Stimme bricht und ihre Augen füllen sich mit Tränen, als sie den Drang zu Weinen zu unterdrücken versucht.

„Ich meine, ich habe dich gesehen. Ich weiß es. Ich bin eine verlässliche Zeugin. Ich könnte reden, ich könnte dich der Polizei ausliefern. Deshalb bist du doch in meiner Nähe geblieben oder? Um sicherzustellen, dass du weißt, was ich vorhabe, was ich denke und tue – und um mich zu töten, wenn ich mich als Gefahr für dich entpuppen würde."

„Warum hast du es nicht getan?", frage ich.

„Wie bitte?"

„Warum hast du nicht geredet?", werde ich deutlicher. „Du hattest mehr als genug Zeit und gestern die perfekte Gelegenheit dazu. Du hättest der Polizei alles sagen können, dabei helfen können, diesen Mafiamord aufzuklären. Mich festnehmen zu lassen. Vor mir sicher zu sein."

Sie schüttelt den Kopf. „Ich konnte nicht. Ich war zu schockiert, zu verwirrt ... ich wusste nicht, was ich ihnen sagen sollte."

„Jetzt weißt du es. Du weißt, wer es getan hat. Du wusstest es letzte Nacht. Warum hast du es ihnen nicht gesagt?"

Sie sieht auf, Tränen strömen über ihre schönen Wangen, und ich hasse es, dass ich der Grund dafür bin. „Ich wollte zuerst mit dir sprechen. Ich wollte es von dir hören."

„Nun hast du es gehört", sage ich und klinge dabei härter als geplant. „Ja, ich habe es getan. Ich habe diesen Typen getötet. Er war ein furchtbarer Kerl, der sein ganzes Leben lang für die Mafia gearbeitet hat. Er hat dutzende von Menschen umgebracht, genau wie jeder auf meiner Liste. Ich habe als Auftragsmörder für sie gearbeitet. So habe ich mein Geld anfangs verdient und dadurch war ich in der Lage, genug zu sparen, um zu investieren und noch reicher zu werden."

„Und auszusteigen", sagt sie. „Du hast doch gesagt, du wärst damit fertig. Du wolltest aussteigen."

„Ja, das wollte ich. Und will es immer noch. Ich habe es dir erzählt. Der Kerl in der Nacht, als du mich gesehen hast, war der letzte auf der Liste, den ich erledigen musste, bevor ich es hinter mir lassen und für immer damit abschließen konnte."

„Und dieser Christian?", fragt sie. „Wieso wolltest du ihn nicht töten?"

„Weil ich dachte, er wäre harmlos. Und das ist er im Grunde auch. Er wurde – mehr noch als ich –

unschuldig in die ganze Sache verwickelt. Ich habe nie erwartet, dass er so durchdrehen würde.“

„Und … ich? Wieso hast du mich nicht umgebracht?“

Ich sehe sie an. Sie hat aufgehört zu weinen und erwidert meinen Blick ruhig und gelassen.

„Ich wollte es tun“, gestehe ich. „Aber ich konnte es nicht.“

„Warum?“

Ich knurre. Zwingt sie mich jetzt wirklich, das zu sagen? „Du hast diesen Plan zunichte gemacht.“

„Ach?“ Amüsiert neigt sie den Kopf. „Wie?“

„Weil du *du* bist“, sage ich.

Die Worte klingen eher wütend als liebevoll. Ich war nie gut in solchen Dingen, solchen Gesprächen.

Ich habe allerdings auch noch nie so empfunden wie ich es jetzt tue.

Nike nickt. „Also willst du mich nicht länger umbringen?“

Ich schüttle den Kopf. „Nein, das würde bedeuten, dass ich dich verliere. Und wenn du gehört hast, was ich Christian gesagt habe, weißt du, dass das etwas ist, was ich nicht will.“ Ich sehe sie an. „Ich will dich. Ich will dich in meinem Leben haben. Nah bei mir.“

Ihre Miene ist nicht durchschaubar, blass, mit getrockneten Tränen, die ihr leichtes Makeup ruiniert haben. „Das will ich auch", flüstert sie. „Deshalb habe ich es ihnen nicht gesagt. Ich will dich nicht verlieren."

„Du bist verrückt."

„Vielleicht, aber das bist du auch." Sie steht auf und füllt das Glas mit frischem Wasser.

„Außerdem war es ziemlich befriedigend", meint sie, als sie mir den Strohhalm wieder vor den Mund hält. „Diesen Kerl niederzuschlagen. Ich habe mich so stark und mächtig gefühlt. Wie eine Löwin."

Ich lache leise und verschlucke mich an dem Wasser.

„Das wird es aber nicht mehr geben", sage ich, nachdem sie das Glas weggenommen hat. „Keine weitere Gewalt. Keine weiteren Morde."

Sie zuckt mit den Achseln. „Ja, ich glaube, das fände ich auch besser."

„Allerdings könnte Christian wiederholen, was er gesagt hat. Er wird es immer wieder sagen, nüchtern und in vollem Bewusstsein. Dann werden sie beginnen ihm zu glauben."

„Vielleicht. Aber wenn das, was du mir gesagt hast, stimmt – würde er sich damit nicht auch in

Schwierigkeiten bringen? Ich meine, wie könnte er all das über die Mafia wissen, wenn er nicht selbst darin verwickelt war? Dafür würden sie ihn auch dran bekommen. Dass er diesen Kerlen dabei geholfen hat, sich jahrelang in seinem Lokal zu verstecken, und dass er dabei geholfen hat, unzählige Verbrechen zu vertuschen. Auch Morde! Er hätte dann viel mehr Probleme. Wenn er einfach nur bei dem Streit mit dir bleibt und behauptet, dass er im Suff ausgetickt ist, könnte er leicht davonkommen."

Da könnte sie recht haben. Ich frage mich nur, ob Christian das genauso sieht. Sein Verhalten in letzter Zeit deutet nicht gerade darauf hin, dass er mit diesen Dingen vernünftig umgehen kann.

„Ich muss los", verkündet Nike. Sie stellt das Glas auf den Tisch. „Aber ich komme morgen wieder."

„Sag mir noch eines."

„Ja?" Sie hebt die Augenbrauen.

„Was hat dir den Hinweis gegeben? Woher kam die plötzliche Erkenntnis?"

Ein sanftes Lächeln schleicht sich auf ihr hübsches Gesicht.

„Das Lied. Du hast ein Lied gepfiffen, kurz bevor du den Typ erschossen hast – und gestern Abend hast du dieselbe Melodie gepfiffen. Ich weiß nicht, was das für ein Lied ist, aber ich weiß, dass ich es noch nie woanders gehört habe.“

Ich sehe sie an und öffne meinen Mund in Fassungslosigkeit. „Wirklich?“

„Ja.“ Sie klingt überrascht. „Erinnerst du dich nicht?“

„Nicht wirklich.“

Sie beugt sich über mich und küsst mich auf die Wange, was sie noch nie zuvor getan hat. „Es ist unverwechselbar. Eines Tages musst du mir sagen, was das für ein Lied ist.“

Ich nicke. „Eines Tages.“

# EPILOG

*Nike*

Ich habe versucht, dieser Dunkelheit zu entkommen. Drogendealer, Mörder, die furchteinflößende Gegend der Stadt. Der beängstigende Teil des Lebens.

Ich bin in einer dunklen Gegend groß geworden, umgeben von all dem.

Genau wie Mars habe ich mich von dort emporgearbeitet, aber anders als er, bin ich nicht aus diesem Elend gekrochen, indem ich Schreckliches getan habe. Es gab wenig, was meine Eltern tun konnten oder wollten, um mir dabei zu helfen, ein besseres Leben zu erreichen, aber wenigstens haben sie mich nicht aufgehalten.

Ich habe mich hochgearbeitet, indem ich brav war und sorgfältig und hart geschuftet habe, mir ein Stipendium verdient und aufs College geflohen bin. Ich habe es geschafft, obwohl ich Probleme damit gehabt habe, meine Vergangenheit loszulassen.

Und jetzt habe ich mich in einen Auftragskiller, einen Mörder verliebt.

Ich konnte nicht anders. Scheinbar hat die Dunkelheit meiner Kindheit mich nie ganz losgelassen. Ich leugne nicht, dass seine Vergangenheit Teil der unglaublichen Anziehungskraft ist, die dieser Mann auf mich ausübt. Auf gewisse Weise fühle ich mich dadurch mehr mit ihm verbunden, besonders, wenn man die kleine Auseinandersetzung bedenkt, die wir mit diesem Christian hatten.

Mars ist verwundet, düster und voller Probleme – und er will raus. Er mag in jungen Jahren den falschen Weg eingeschlagen haben, aber er hat hart dafür gearbeitet, der gute Mann zu werden, der er heute ist.

Wir hatten Glück. Christian kam wieder zur Vernunft und begriff, dass es für ihn das Klügste wäre, wenn er den Mund bezüglich der Mafia-Verbindung zwischen ihm und Mars halten würde. Er kam mit einer Anzeige wegen Körperverletzung davon und wird wegen der ganzen Sache weder sein Geschäft noch sein Leben verlieren. Hätte er Mars verpfiffen und dafür gesorgt, dass er verhaftet werden würde – besonders nachdem er Christian in einer Situation verschont hatte, in der er ihn leicht hätte töten können – und die Tatsache, dass er seine eigene Beziehung zur Mafia hätte offenbaren müssen, all das hätte die Sache für Christian noch schlimmer gemacht. Viel schlimmer.

Er ist jetzt im Gefängnis, aber nicht für besonders lange Zeit. Ich weiß nicht, was ich bei dem Gedanken empfinden soll, dass er bald freikommen wird. Er könnte uns wieder bedrohen.

Aber was ich weiß, ist, dass ich bei Mars in sicheren Händen bin. Seine Vergangenheit mag übel gewesen sein, aber er lebt jetzt ein gesetzestreues Leben. Ich fühle mich bei ihm sicher.

Mars sitzt neben mir, seinen starken Arm um meine Schulter gelegt, während wir die Stadt unter uns betrachten. Die Aussicht vor uns ist viel schöner als die, an die ich früher gewöhnt war.

Wir haben ein anderes Dach gewählt. Ein Neues für einen Neuanfang.

„Also“, beginnt er und drückt mich liebevoll. „Was ist das mit dir und Dächern? Du hast mir nie erzählt, was dahinter steckt.“

Ich seufze. Ich habe die Antwort auf diese Frage immer wieder nach hinten geschoben. Es ist mehr als drei Monate her seit dem Vorfall mit Christian und Mars hat hart daran gearbeitet, während dieser Wochen mein Vertrauen zurück zu gewinnen. Es war fast so, als hätte unsere Beziehung noch einmal von Neuem begonnen, ohne dunkle Geheimnisse und Lügen. Als wäre der erste Monat eine Probezeit gewesen, in der wir einander unser wahres Ich verwehren mussten.

Doch seit jener Nacht vor drei Monaten ist alles anders. Wir sind anders. Er hat mir seine dunkle Vergangenheit anvertraut und ich habe damit umgehen gelernt.

Vermutlich ist es nun an der Zeit, sein Vertrauen zu erwidern.

„Dächer geben mir ein Gefühl der Sicherheit“, sage ich. „Weshalb es auch eine Ironie des Schicksals war, dass ich ausgerechnet ... *das* in jener Nacht beobachten musste.“

„Es tut mir so leid. Ich wünschte, du hättest das nicht miterleben müssen."

Er hält einen Moment inne und atmet tief ein.

„Wir hätten wie ein normales Paar eine Woche später mit unserem Kennenlernen starten können", fährt er fort. „Als du mit diesem niedlichen, nervösen Lächeln in mich gestolpert bist."

„Und mich zum Trottel gemacht habe", werfe ich ein.

„Du warst liebenswert", sagt er und küsst mich auf die Wange. „Aber ich will mehr wissen. Dächer geben dir Sicherheit? Wovor?"

Ich zucke mit den Achseln. „Dem Leben im Allgemeinen, schätze ich."

„Das will ich genauer wissen."

„Ich bin in dieser Gegend aufgewachsen, in der ... du weißt schon."

„Ja", sagt er und nickt, so dass ich es nicht in Worte fassen muss.

„Es ist eine grauenhafte Gegend, um dort aufzuwachsen, und ich habe es so sehr gehasst. Es war laut und gefährlich und unsere kleine Wohnung war überfüllt und schmutzig. Ich hatte kein Zimmer für mich, keinen sicheren und ruhigen Ort, an den ich fliehen konnte – außer eben das Dach. Dort oben konnte ich allein sein und war in Sicherheit vor all dem Ärger, der unten vor sich ging."

„Verstehe. Aber was hast du dort oben gemacht?"

„Alles", antworte ich. „Ich habe viel gelesen. Und meine Hausaufgaben gemacht. Ich wollte in der Schule gut sein, damit ich mich aus diesem Drecksloch verabschieden konnte. Das Dach war der einzige Ort, an dem ich die friedliche und ruhige Umgebung vorfand, die ich gebraucht habe."

Er lacht leise. „Was für ein braves Mädchen."

„Hör auf mich zu necken!", beschwere ich mich. „Es hat doch gut geklappt oder nicht?" Ich sehe mit einem spielerischen Stirnrunzeln zu ihm auf.

Er beantwortet es mit einem warmen Lächeln. „Ja, das hat es."

Ich komme näher und richte mich auf, um ihn zu küssen, aber er ist schneller als ich. Er legt seine Hand an meinen Hinterkopf, während die andere mich eng an ihn gepresst hält. Unsere Lippen treffen sich und wir schmecken einander vorsichtig, bevor unser Kuss nach mehr verlangt. Mars will mich und ist nicht schüchtern darin, es mir zu zeigen. Seine Zunge erobert meine mit unaufhaltsamer Lust, und die reine

Leidenschaft, mit der er mich nimmt, bringt mich dazu, zwischen unseren sinnlichen Küssen ein leises Stöhnen von mir zu geben.

Als er mich loslässt, atmen wir beide schwer vor Verlangen und Sehnsucht nach mehr.

„Weißt du, was du tun solltest?“, flüstert er.

Ich neige fragend den Kopf. „Was?“

„Ich finde, du solltest ein Buch über das hier schreiben. Es ist egal, ob nur zur Übung oder um mit all dem hier abschließen zu können. Ich bin sicher, dass es dir auf viele Arten helfen würde.“

Ich lächle ihn an. Er weiß es nicht, aber ich habe schon längst mit einem Manuskript begonnen. Es ist keine detaillierte Nacherzählung seiner Geschichte. Künstlerische Freiheit verlangt nach ein paar Änderungen, aber er hat definitiv als Inspiration gedient.

Ich will aber noch nicht, dass er davon weiß. Es ist eine Überraschung, etwas, das mich begeistert, genau so wie er es tut.

Ich drehe mich um und setze mich rittlings auf ihn. Seine haselnussbraunen Augen blicken zu mir auf und zeigen in gleichen Maßen seine Lust und seine

Bewunderung, während seine Hände unter mein Kleid gleiten.

„Vielleicht schreibe ich dieses Buch“, sage ich. „Eines Tages.“

## Über die Autorin

Leah Noir liebt Geschichten über unwiderstehliche, gefährliche Männer und starke Frauen, die ihnen den Kopf verdrehen. Sie schreibt Romane und Kurzgeschichten seit sie schreiben kann und konzentriert sich jetzt auf ein Genre, dass ihre Lieblingsthemen in sich vereint: Romantische Thriller.

Caught – seine Zeugin, ist ihr Debütroman.

Sie lebt und schreibt in der schönsten Stadt der Welt – Hamburg.

Printed in Great Britain
by Amazon

45371868R00153